AF361030

LIBRAIRIE

DE

THÉOPHILE BELIN

29, Quai Voltaire, PARIS

BIBLIOTHÈQUE NATIONALE R.F. IMPRIMÉS

PARIS
LIBRAIRIE THÉOPHILE BELIN

29, QUAI VOLTAIRE, 29

—

1896

3581. Académie française. Eaux-fortes par Robert Kastor. Paris, Quantin, s. d. in-4 en feuilles.   10 fr.

Contenaut 40 portraits à l'eau-forte.

3582. Adam (Mme). Païenne. Paris, Ollendorf, 1883, pet. in-8 br. couv.   8 fr.

L'un des 25 exemplaires sur papier de Hollande.

3583. Adhémar (J.). Révolutions de la mer. Déluges périodiques, 2e édition. Paris, 1860, 1 vol. in-8 de texte et 1 vol. de planches, br.   5 fr.

3584. Album breton. Département d'Ille-et-Villaine. Notice historique par M. Ducrest de Villeneuve. Rennes, Oberthur, in-4, demi-rel. veau bleu.   18 fr.

Contenant 62 vues dessinées d'après nature et lithographiées par M. Lorette.

3585. Album de vues Daguerriennes. Europe, Asie et Amérique. Paris, s. d. in-4 obl. cart.   8 fr.

30 planches.

3586. Album de 60 vues des plus beaux palais, monuments et églises de Paris, cathédrales et châteaux de la France. Paris, Binet, s. d. in-8, obl. demi-rel. chag.   20 fr.

Figures gravées par Couché.

3587. Album du bon Bock. Paris, chez Bellot, 1884, in-4 oblong, cart. n. rog.   8 fr.

Nombreuses planches au trait.

3588. Album Russe contenant 28 planches coloriées, représentant les navires de guerre, 1892, in-4 obl. cart.   10 fr.

Curieux album.

3589. Album de vues des chef-lieux des 88 départements, gravures coloriées, in-4 oblong, cart.   16 fr.

3590. Alfabeto della morte di Hans Holbein attorniato di fregii incisi in legno ed accompagnato di sentenze latine e di quartine del xvie secolo scelto da Anatole de Montaiglon. Parigi, Tross, 1856, broch. in-8.   3 fr.

Texte encadré de vignettes sur bois.

3591. Amelot de la Houssaie. Le prince de Machiavel. 3e édition revue et corrigée et augmentée par le traducteur. Amsterdam, 1686, in-12 port. veau.   4 fr.

3592. Amours des dames illustres de notre siècle. A Cologne, chez Jean Le Blanc, 1703, fort vol. in-12 de 587 pp., frontispice, mar. rouge, fil., dent. int., tr. dor., dos orné. (Hardy).   40 fr

Contient : Histoire amoureuse de Gaules. — Maximes d'amour. — Aloïsi ou les amours de M. D. M. T. P. — Le Palais-Royal ou les Amours d Mme de La Vallière. — Histoire de l'amour feinte du Roy pour Madame. — La princesse ou les amours de Madame. — Le Perroquet, ou les amours de Mlle. — Junonie, ou les amours de Mme de Bagneux. — Les fausses prudes, ou les amours de Mme de Brancas, et autres dames de la Cour. — La déroute et l'adieu des filles de joye de la ville de Paris. Avec leurs noms, leur nombre et les particularitez de leur prise et de leur emprisonnement et la requeste à Mme de la Valière. — Le passe-temps Royal, ou les amours de Mlle de Fontanges.

Haut. 146 mill.

3593. Amour (L') aux colonies, singularités physiologiques et passionnelles observées durant trente années de séjour dans les colonies françaises, Cochinchine, Tonkin et Cambodge, Guyane et Martinique, Sénégal et Rivières du Sud, Nouvelle Calédonie, Nouvelles-Hébrides et Taïti par le Dr Jacobus X***. Paris, Liseux, 1893, 1 fort vol. in-8 de 400 pages.   30 fr.

3594. An (L') des sept dames avec annotations et remarques par M C. Ruelens et Aug. Scheler. Bruxelles, 1867, in-18, tiré in-8 br.   6 fr.

Réimpression faite par Gay à petit nombre. Exemplaire en grand papier.

3595. Anacréon. Sapho, Bion et Moschus. Traduction nouvelle en prose, suivie de la Veillée des Fêtes de Vénus. et d'un choix de pièces de différens auteurs, par M. M··· C··· (Montonnet de Clairfond). — Héro Léandre, poème de Musée. On y a joint la traduction de plusieurs Idylles de Théocrite. A Paphos et se trouve à Paris, chez Le Boucher, 1773-1774, 2 tomes en 1 vol. in-8 fig., v. marbr., tr. dor.   40 fr.

2 Figures-frontispices, 12 vignettes et 13 culs-de-lampe, dess. par Eisen, gr. par Massard et Duclos.

3596. Andeli (Roger d'). Chansons de Roger d'Andeli, Seigneur Normand des xiie et xiiie siècles, publiées avec introduction, variantes et glossaire par A. Héron. Paris, Claudin, 1883, gr. in-8, br. papier de Hollande.   5 fr.

N'a été tiré qu'à 40 exempl. pour le Commerce.

3597. Apologie de l'école Romantique.

Achat de Bibliothèques

Paris, Dentu, 1824, plaq. in-8 demi-percal. n. rog.   1 fr. 50

3598. Argens (Le marquis d'). Tinée de Locres en grec et en françois avec des dissertations sur les principales questions de la métaphisique, de la phisique et de la morale des anciens ; qui peuvent servir de suite et de conclusion à la philosophie du bon sens. Berlin, 1763, in-12 mar. rouge, fil. tr. dor. (reliure ancienne). 10 fr.

Reliure très fraîche.

3599. Arioste. Roland furieux, poème héroïque. Traduction nouvelle par le Cte de Tressàn. Paris, Laporte, 4 vol. in-8 veau tr. dor.   10 fr.

Portrait et figures de Cochin.

3600. Ariosto (Ludovico). Orlando furioso. In Parigi, Plassan, 1795, 4 vol. in-8 cart. ébar.   25 fr.

Figures de Cochin.

3601. Armand-Dumaresq. Uniformes de la Garde Impériale en 1857. Paris, imp. impériale, 1858, in-fol. mar. demi-rel. chag. vert.   100 fr.

55 planches coloriées, montées sur onglet.

3602. Armengand. Les Chefs-d'œuvre de l'art chrétien. Paris, Lahure, 1858, in-fol. percal., tr. dor.   5 fr.

Nombreuses pl. hers texte.

3603. Arnaud. Les Amans malheureux, ou le comte de Comminge. Amsterdam, et se trouve à Paris, 1755, une figure de Marillier, gravée par Massard. — Mémoires du comte de Comminges. Ensemble, 1 vol. in-8, veau.   2 fr.

3604. Arnould. Résultats des guerres, des négociations et des traités qui ont précédé et suivi la coalition contre la France, pour servir de Supplément au droit public de l'Europe, de Mably. Paris, Baudouin, 1803, in-8 percal. rouge n. rog. 3 fr.

3605. Art (L') pour tous. Encyclopédie de l'art industriel et décoratif. Paris, Morel, in-fol. planches, 1873, 12e année, cart.   6 fr.

3606. Art militaire des chinois ou recueil d'anciens traités sur la guerre composés avant l'ère chrétienne par différents généraux chinois. Paris, Didot, 1772, in-4, veau marb. 40 fr.

21 planches coloriées.

3607. Art de la Verrerie de Neri, Merret et Kunckel auquel on a ajouté

Le Sol Sine Veste D'Orschall. Paris, Durand, 1752, in-4 veau.   20 fr.

Frontispice et nombreuses planches.

3608. Arthur (Mc). The Army and Navy gentlemans companion ora new and complette treatise on the theory and pratice of fencing, etc. London, Murray, 1784, in-4, cart., n. rog.   50 fr.

Ouvrage orné d'un frontispice et de 19 belles figures se dépliant, représentant toutes les positions du tireur.

Bel exemplaire.

3609. Augier. Sapho, opéra en trois actes, musique de Gounod. Paris, Michel Lévy, 1851, in-12. demi-rel., mar. vert avec coins, tête dor., non rog.   6 fr.

Edition originale.

3610. Augier. Le Mariage d'Olympe. Pièce en trois actes en prose. Paris, Michel Lévy, 1855, in-12, demi-rel., mar. vert avec coins, tête dor., non rog.   8 fr.

Edition originale.

3611. Augier. Le Joueur de flûte, comédie en un acte en vers. Paris, Blanchard, 1851, in-12, demi-rel. mar. vert avec coins, tête dor., non rog.   8 fr.

Edition originale.

3612. Augier. L'Aventurière, comédie en quatre actes en vers. Paris, Michel Lévy, 1860, in-12, demi-rel., mar. vert avec coins, tête dor., non rog.   15 fr.

Edition originale de la pièce en quatre actes.

3613. Augustes (Les) représentations de tous les roys de France, depuis Pharamond jusqu'à Louys XV dit Le Grand, à présent régnant, avec un abrégé historique sous chacun, contenant leurs naissances, inclinations et actions les plus remarquables pendant leurs règnes. Paris, Harand, 1714, in-4, demi veau.   15 fr.

65 Portraits de l'Armessin.

3614. Auquetil. Histoire de France depuis les Gaulois jusqu'à la mort de Louis XVI, continué jusqu'au sacre de Charles X par Gallois, Paris, 1829, 15 vol. in-8 demi rel.   15 fr.

3615. Aventures du Gourou Paramarta conte drôlatique indien, traduit par l'abbé Dubois, orné de nombreuses eaux-fortes par Bernay et Cattelain. Paris, Barrand, 1877, gr. in-8 dans un carton.   15 fr.

Et de Livres anciens et modernes

8. Q10B (3326)

Exemplaire sur papier Japonais, publié à 100 fr.

— Le même sur Chine, publié à 40 fr.
                                    8 fr.

3616. **Aventures** du Gourou Paramarta, conte drolatique indien, traduit par l'abbé Dubois. Paris, Barrand, 1877. in-8, br. couv.   5 fr.

Eaux-fortes par Bernay et Cattelain.

3617. **Avezac-Lavigne** (C.). Diderot et la société du baron d'Holbach. Paris, Leroux, 1875, in-8 br.   3 fr.

3618. **Aviler** (C.-A. D'). Cours d'Architecture qui comprend les ordres de Vignole, avec des commentaires, les figures, et les descriptions de ses plus beaux bâtimens et de ceux de Michel-Ange, etc., par le sieur C. A. d'Aviler, architecte. Nouvelle édition enrichie de nouvelles planches. Paris, Jean Mariette, 1738, in-4, pl., mar. rouge, dos orné, fil., tr. dor. (Rel. anc.).   200 fr.

Orné de plus de 100 planches, modèles de décoration des époques de Louis XIV et de Louis XV.
Bel exemplaire.

3619. **Bailly**. Notices historiques sur les bibliothèques anciennes et modernes, suivies d'un tableau comparatif des produits de la presse de 1812 à 1825. Paris, Rousselon, 1828, in-8 demi-mar. rouge, avec coins, tête dor. n. rog.   4 fr.

3620. **Barrow** (John). Voyage dans la partie méridionale de l'Afrique, fait dans les années 1797 et 98. Paris, Dentu, 1801, 2 vol. in-8, cart.   5 fr.

1 carte.

3621. **Barthélémy**. Douze journées de la Révolution, poëme. Paris, Perrotin, 1832, in-8 demi-rel.   4 fr.

1re édition avec figures sur chine collé.
Piqûres.

3622. **Bartsch** (Adam). Le Peintre graveur. Nouvelle édition. Leipzig, A Barth, 1870-1876, 21 tomes en 16 vol. in-12, avec 76 planches. — Rudolph Weigel. Supplément au peintre-graveur de Adam Bartsch. (Tome 1er seul. Peintres et dessinateurs Néerlandais). 1 vol. in-12. — Atlas de 16 planches en 1 vol. pet. in-fol. — Ensemble, 18 vol. reliés percal. verte, n. rog.   200 fr.

Exemplaire bien complet.

3623. **Basan**. Dictionnaire des graveurs anciens et modernes, depuis l'origine de la gravure par F. Basan, graveur, seconde édition, mise par ordre alphabétique, considérablement aug-

mentée et ornée de 50 estampes par différents artistes célèbres, ou sans aucune au gré de l'amateur. A Paris, chez l'auteur, 1789, 2 vol. in-8 demi-chag. non rog.   100 fr.

Exemplaire avec la gravure du conte le Rossignol, tome II page 89 par B. Picart, qui manque souvent.

3624. **Bastier** (Jules Le). Théorie de l'Equilibre économique ou esquisse d'une base nouvelle d'économie sociale. Paris, Renouard, 1858, in-8 br.   3 fr.

Envoi d'auteur.

3625. **Beaufort**. Le grand porte-feuille politique a l'usage des princes et des ministres, etc., en dix-neuf tableaux. Paris, l'auteur et chez Maradan, 1789, in-fol. veau, tr. dor.   20 fr.

Aux armes du Duc de Béthune.

3626. **Beaumarchais**. Le Barbier de Séville. Avec une notice, et des notes par Ch. Beauquier. Paris, Lemerre, 1872, in-18 br.   5 fr.

De la petite bibliothèque littéraire. Epuisé.

3627. **Belgrand**. Les travaux souterrains de Paris. Les égouts de Paris. Paris, Dunod, 1887, in-fol. br.   4 fr.

Atlas n° 5, contenant 16 planches.

3628. **Benjamin Constant**. Questions sur la législation actuelle de la presse en France et sur la doctrine du ministère public relativement à la saisie des écrits, et à la responsabilité des auteurs et imprimeurs. Paris, Delaunay, 1817 plaq. in-8 de 99 pages, suivi du rapport de la chambre des députés, session 1847, par Mr de Gasparin, 35 pages, demi-perc. avec coins, non rog.   3 fr.

3629. **Bérain**. Fac-simile des œuvres de Jouanés Bérain par Midart. Paris, Dunod, s. d., in-fol. demi-chag. rouge.   30 fr.

Contenant 70 planches d'ornement.

3630. **Béranger**. Œuvres complètes de P.-J. Béranger. Edition illustrée par Grandville et Raffet. Paris, Fournier, 1836-37, 3 vol. in-8 port. et fig. demi-rel. mar. rouge, tête dor. n. rog.   70 fr.

Bel exemplaire contenant la suite de 120 fig. d'après Grandville et 103 fig. de Johannot, Charlet, etc.

3631. **Bérard-Varagnac**. Portraits littéraires. Paris, Calmann-Lévy, 1887, in-8 br.   4 fr. 50

Envoi autographe de l'auteur.

Achat de Bibliothèques

3632. Bergomensis. Supplementum chronicarum Venitiis, 1492, petit in-fol. gothique, figures sur bois, maroquin vert. dos orné (rel. ancienne).
120 fr.

3633. Berquin. Idylles, par M. Berquin. Paris, Ruault. 1775, 2 tom. en 1 vol., front. et 24 fig., par Marillier, grav. par Gaucher, de Ghendt, de Gouaz, Delaunay, Lebeau, Masquelier, Née et Ponce. — Romances, par M. Berquin. Paris, Ruault, 1776, 1 vol. 1 front. et 6 fig., par Marillier, grav. par Delaunay jeune et Ponce, et 6 feuillets de musique gravée. — Ensemble, 2 vol. in-12, mar. rouge, dos ornés, fil., dent. int., tr. dor. (Chambolle-Duru).
80 fr.

3634. Berquin. Pygmalion, scène lyrique de M. J. Rousseau, mise en vers par M. Berquin, le texte gravé par Drouët. Paris, 1775, in-8 de 20 pages y compris la préface, titre gravé et 6 vignettes charmantes par Moreau, gravées par Delaunay et Ponce. — — Zacharie. Les quatre parties du jour, poème, traduit de l'Allemand. Paris, Musier, 1769, in-8, 1 frontispice, 4 figures, 4 vignettes et 4 culs-de-lampe. — Ensemble, 1 vol. in-8, veau fauve, fil. tr. dor.
120 fr.

Les épreuves sont superbes. Bel exemplaire.

3635. Bert (Paul). Revues scientifiques publiées, par le journal (La République française (1re année). Paris. Masson, 1879, in-8 br.
1 fr. 50

Figures dans le texte.

3636. Berthelot. Les origines de l'alchimie. Paris, G. Steinhel, 1885, in-8 br.
8 fr.

Publié à 15 fr.

3637. Bétencourt (Dom). Noms féodaux ou noms de ceux qui ont tenu fiefs en France. Paris, Schlesinger, 1867, 4 vol. in-8 br.
15 fr.

3638. Biblia sacra, Veteris et Novi Testamenti, secundum editionem vulgatam. Basileæ, 1578, pet. in-4, rel. en peau de truie avec ornements sur les plats.
80 fr.

Nombreuses figures sur bois.

3639. Bibliographie instructive, ou traité de la connaissance des livres rares et singuliers, contenant un catalogue raisonné de la plus grande partie de ces livres précieux... disposé par ordre de matières... avec une table générale des auteurs et un système complet de bibliographie choisie, par G. Fr. de Bure le jeune, 1763-1768, 7 vol. — Supplément à la bibliothèque instructive, ou catalogue des livres du cabinet de feu M. L. J. Gaignat. Disposé et mis en ordre par G. Fr. de Bure. Paris, de Bure, 1769, 2 vol. — Bibliographie instructive, tome X, contenant une table destinée à faciliter la recherche des ouvrages anonymes... Paris, Gogué et Née de La Rochelle, 1782, 1 vol. — Catalogue des Livres provenans de la bibliothèque de M. L. D. D. L. V. (le duc de La Vallière) disposé et mis en ordre, par Guill. Franç. de Bure le jeune. Paris, de Bure, 1767, 2 vol. — Ens. 12 vol. in-4, mar. r. dos orné, fil. dent. int. tr. dor. (Rel. anc.).
150 fr.

Bel exemplaire sur grand papier de Hollande, avec les prix d'adjudication manuscrits au catalogue Gaignat.

3640. Bibliothèque spirituelle, publiée par M. Silvestre de Sacy. Paris, Techener, 1854-1860, 17 vol. in-16, demi-rel. v. f. avec coins, fil. tr. dor. (Petit, succ. de Simier).
120 fr.

Imitation de Jésus-Christ. — Introduction à la vie dévote, 2 vol. — Lettres spirituelles de Fénelon, 3 vol. — Choix de petits traités de morale de Nicole. Lettres de piété et de direction par Bossuet, 2 vol. — Choix des traités de morale chrétienne de Duguet, 2 vol, — — Sermons choisis de Bossuet, Bourdaloue, Massillon, 3 vol. — Nouveau Testament, 3 vol.

3641. Biot (Edouard). Essai sur l'histoire de l'instruction publique en Chine et de la corporation des lettres. Paris, Duprat, 1847, in-8 br.
8 fr.

3642. Birchen-Bouquet (The). Or curious and original anecdotes of ladies fond of administering the Birch discipline, and published for the amusement, as well as the beneft of those ladies who hove imder their tintion sulky, stupid wanton, lying or idle young, ladies or gentlemen. Republished with considérable additions. London, 1888, in-12 br.
8 fr.

3643. Blanc (Charles). L'OEuvre complet de Rembrandt décrit et commenté. Paris, Gide, 1859-1861, 2 vol. gr. in-8.
15 fr.

Exemplaire de J. Janin, sur papier de Hollande avec eaux-fortes et une lettre autographe.

3644. Blanchemain (Prosper). Poèmes et poésies. Paris, 1866-75, 5 vol. in-8 papier vergé, br. port.
12 fr.

3645. Blandy. Mont Salvage. Paris, Delagrave, 1885, gr. in-8 br. n. coupé.
4 fr.

30 illustrations par Sandoz.

Et de Livres anciens et modernes

3646. Block (Maurice). Les progrès de la science économique, depuis Adam Smith. Paris, Guillaumin, 1890, 2 vol. in 8 br. 9 fr.

Publié à 16 fr.

3647. Boileau (Fils). Monument Gambetta, souscription et programme commentaire du projet Aubé-Boileau et monographie. Paris, A Daly, s. d., in-fol. en feuilles dans un carton. 20 fr.

20 planches. Publié à 50 francs.

3648. Bolsec (Hierosme). Histoire de la vie, mœurs, actes, doctrine constance et mort de Jean Calvin, jadis ministre de Genève, publié à Lyon en 1577. Lyon, Scheuring, 1875, in-8, cart. n. rog. 8 fr.

Papier teinté, portrait sur Chine.

3649. Bonaparte (Jacques). Sac de Rome, écrit en 1527 par Jacques Bonaparte, témoin oculaire. Traduction de l'Italien par L... B... Florence, Imp. Granducale, 1838, in-8 demi-chag. rouge, n. rog. 7 fr.

Titre gravé, portrait et 3 vignettes de Muller.

3650. Bonie (T.). La cavalerie française Paris, Amyot. 1871, in-12 demi-rel. chag. rouge, tête dor. n. rog. 2 fr.

3651. Bonnaffé (Em.). Causeries sur l'art et la curiosité. Paris, Quantin, 1878, gr. in-8 percal. n. rog. 8 fr.

Frontispice par J. Jacquemart.

3652. Bonnetain (Paul). L'Extrême-Orient. Paris, Quantin, s. d., in-4 demi mar. rouge, avec coins, n. rog. dos orné couv. (Bretault). 26 fr.

Nombreuses illustrations. Cartes.

3653. Bonvalot (Gabriel). De Paris au Tonkin à travers le Tibre inconnu, Paris, Hachette, 1892, gr. in-8 demi mar. rouge, avec coins, tête dor., n. rog. 15 fr.

1 Carte en couleurs et 108 illustrations gravées, d'après les photographies prises par le prince H. d'Orléans.

3654. Borel (Petrus). Madame Putiphar, seconde édition, conforme pour le texte et les vignettes à l'édition de 1839. Préface par M. J. Claretie. Paris, Willem, 1877, 2 vol. gr. in-8 en feuilles dans 2 cartons. 12 fr.

L'un des 50 exemplaires sur papier Whatman.

— Le même sur papier de Holl. 7 fr.

3655. Bernier (H.). Les noces d'Attila, drame en 4 actes en vers. Paris, Dentu, 1880, in-8 br. 2 fr.

Envoi d'auteur.

3656. Bouches-du-Rhône. Recueil de 19 pièces sur la Révolution de 1792, reliées en 1 vol. in-8 percal. rouge, tête jasp. n. rog. 20 fr.

Loys. Discours sur l'état actuel du département des Bouches-du-Rhône. — Barbaroux et Loys, Observations de la commune de Marseille. — Cadroy. Rapport sur ses diverses missions dans les départements méridionaux. — Les Marseillais Amis de la Constitution aux Parisiens. — Pujet-Barbantane. Extrait du compte-rendu au ministre de la guerre sur les troubles de la ville d'Aix. — Rapport sur les troubles d'Arles par Delpierre. — Barbaroux. Les attentats des administrateurs de la ville d'Arles. — Adresse de la muni. — Lagrange. Compte-rendu sur la conspiration des Chiffonnites. — Rapport des commissaires civils envoyés à Arles par le roi, Antonelli. Observations, etc. etc...

3657. Bouchet (Guil). Les sérées de Guillaume Bouchet avec une notice par M. Roybet. Paris, Lemerre, 1873-1882, 6 vol. in-12 demi-rel. mar. rouge avec coins, tête dor. n. rog. (rel. neuve). 36 fr.

3658. Bouillon. Collection des antiques du Louvre ou choix des plus belles sculptures. Paris, s. d. in-fol. demi-rel. bas. 25 fr.

125 planches.

3659. Boulay Paty (Evariste). Sonnets. Parry, H. Féret, 1851, in-8 br. n. rog. 5 fr.

Edition originale.

3660. Bourdin (Gilles). La paraphrase de M. Gilles Bourdin, procureur général en la cour de parlement de Paris sur l'ordonnance de l'an mil cinq cent trente-neuf. Paris, Jean Borel, 1578, pet. in-8 veau. 5 fr.

3661. Boutard. Dictionnaire des arts du dessin, la peinture, la gravure et l'architecture. Paris, Picard, 1838, in-8 br. 4 fr.

3662. Bouyard (Le Dr E.). Géographie illustrée du canton de Bourbonne-les-Bains (Hte-Marne). Bourbonne-les-Bains, Dufey-Lemoine, 1882, gr. in-8, br., papier teinté. 5 fr.

Illustrations de B.-C. Deminuid.

3663. Bouillet. Dictionnaire universel d'Histoire et de Géographie, 8e édition augmentée. Paris, Hachette, 1851, gr. in-8 demi-rel. 6 fr.

3664. Bouvet (Francisque). De la confession et du célibat des prêtres ou

la politique du pape. Paris, 1845,
in-8 br. 4 fr.

3665. Boysse (Ernest). Les Abonnés
de l'Opéra (1783-1786). Paris, Quantin,
1881, in-8 br. 7 fr.

1 front. et 4 portraits à l'eau-forte.

3666. Briant de Laubrière. Armorial général de Bretagne. Paris, Du-
moulin, 1844, in-8 br. 8 fr.

3667. Brianville (Cl. de). Histoire sacrée en tableaux avec leur explication et quelques remarques chrono-
logiques. Paris, Ch. de Sercy, 1675-
1677, 3 vol. in-12 mar. rouge, fil.
dos orné, tr. dor. (Rel. anc. de Derôme). 100 fr.

Bel exemplaire, fig. de Seb. Le
Clerc.

3668. Brierre de Boismond. Du
suicide et de la folie suicide. Paris,
Baillière, 1865, in-8 br. 4 fr.

3669. Brisson (J.). et F. **Ribeyre**.
Les Grands journaux de France.
Paris, 1862, gr. in 8, demi-veau fauve
tr. jasp. 5 fr.

3670. Brossard de Ruville. Histoire de la ville des Andelys et de
ses dépendances. Les Andelys, 1864,
2 vol. gr. in-8 brochés. 8 fr.

Avec dessins sur bois dans le texte et
hors texte.

3671. Brongniart. Plans du Palais de
la Bourse de Paris et du cimetière,
Mont-Louis. Paris, de l'Imprimerie
de Crapelet, 1814, in-folio broché.
5 fr.

Superbe portrait de Brongniart et
et 3 belles planches gravées.

3072. Brunton (Thomas). Esquisses
morales et littéraires. Réminiscence
des études, définition de l'esprit du
goût des sensations qui s'y ratta-
chent et qui composent la vie intel-
lectuelle religieuse, morale et littéraire, coup d'œil rapide sur les
sciences. Paris, Plon, 1874, in-4 br.
4 fr.

3673. Brunton (Thomas). Chronologie
universelle depuis la création jusqu'à l'ère vulgaire. Concordance des
époques avec les livres saints. Mar-
che synchronique de tous les peuples et canon de toutes les dates sa-
crées et profanes. Aix-en-Provence,
Remond et Aubin, 1872, 2 vol. in-4
br. 8 fr.

3674. Burnet (John). Notions prati-
ques sur l'art de la peinture, enrichies d'exemples d'après les grands
maitres des écoles italienne, fla-

mande et hollandaise, traduction de
l'anglais, par Van Geel. Paris, Nit-
trier et Goupil, 1835, 3 parties en
1 vol, in-4 cart. toile. 10 fr.

Portrait et 25 planches dont 8 color.

3675. Burns (Robert). The Merry.
Muses, a choice collection of favou-
rite songs gathared from many sour-
ces. Privately, printed, 1890, in-8
vélin. 25 fr.

3676. Cabanel (Alex.). Les mois, cartons des peintures de l'ancien hôtel
de ville. Paris, E. Testard, s. d., in-
fol. en portefeuille. 70 fr.

12 planches gravées au burin par A.
Jacquet, sur papier de Chine appliqué.
Publié à 120 francs.

3677. Cabinet satyrique (Le) ou
recueil parfaict des vers piquants et
gaillards de ce temps, tiré des secrets cabinets des sieurs de Sigognes,
Regnier. Motin, Berthelot, Maynard
et autres des plus signalez poètes du
xviie siècle. Nouvelle édition complète, revue et corrigée, avec glossaire, variantes, notices biographi-
ques, etc. Gand et Paris, 1859, 2 vol.
in-12 demi-chag. rouge, tête dor.,
n. rog. 30 fr.

L'un des 7 exemplaires sur papier
vélin.

3678. Calvini (D. Joannis). Institutio
christianæ religionis tum aucta tam
magna accessione, ut propremodum
opus novum haberi posset. Lausannæ,
excudebat Fr. Le Pieux, 1576, in-8,
vél. à recouvrements. 45 fr.

Cette édition comprend : 16 ff. prélim.
non ch., 380 ff. ch, et 72 ff. non ch. pour
l'index.

Exemplaire réglé. Haut : 196 mill.

2679. Campan. Le diable babillard ou
indiscret. A Cologne, chez P. Marteau, 1711, in-12 veau. 6 fr.

De la femme trompeuse et hypocrite.
— De la coquette, etc.

3680. Cancellieri (G.). Il Mercato il
lago dell' Acqua Vergine ed il Pa-
lazzo Panfiliano nel Circo Agonale
detto volgarmente Piazza Navona
descritte da Francesco Cancellieri,
con un' appendice di XXXII docu-
menti ed un trattato sopra gli obe-
lishi. In Roma, Francesco Bourlié,
1811, in-4, fig. dos et coins de maroq. tête dor. ébarbé. 7 fr.

3681. Canini (Jean-Ange). Images des
héros et des grands hommes de l'antiquité. Dessinées sur des médailles,
des pierres antiques et autres anciens monuments. Amsterdam, B.

Picart, 1731, in-4 veau marb. mod., fil à froid, tr. rouge.   25 fr.

116 planches.

3682. Capacado (Guilio). Les amours de Charles de Gonzague, duc de Mantoue et de Marguerite, comtesse de Rovera écrites en italien. Cologne (à la sphère), s. d. in-12 vélin à recouv.   5 fr.

Edition originale fort rare.

3683. Caricature (La). 1880 à 1884, inclus. Paris, librairie illustrée, 5 vol. pet. in-fol. br.   45 fr.

Nombreuses illustrations.

3684. Carre (Léon). L'ancien Orient, études historiques, religieuses et philosophiques sur l'Egypte, la Chine, l'Inde, la Perse, la Chaldée et la Palestine, depuis les temps les plus reculés Paris, Michel Lévy, 1875, 4 vol. in-8 br.   14 fr.

3685. Casanova. Mémoires, écrits par lui-même. Edition complète. Paris, Royez, 1881, 6 vol. in-12, demi-mar. gren., tête dor., n. rog.   28 fr.

3686. Cassas (L.-F.). Voyage pittoresque et historique de l'Istrie et de la Dalmatie, rédigé d'après l'itinéraire de L.-F. Cassas par Joseph Lavallée. Ouvrage orné d'estampes, cartes et plans dessinés et levés sur les lieux par Cassas, sous la direction de Née. Paris, de l'imp. de P. Didot l'aîné, an X (1802), in-fol., cart., demi-mar. rouge avec coins, n. rog.   65 fr.

Exemplaire avec double épreuve des gravures, avant et avec lettre.

3687 Cassini. Camus et de **Montigny**. Carte du duché de Bourgogne, par le Sr Séguin, 15 feuilles coloriées collées sur toile et renfermées dans un étui en demi-chag. vert.   30 fr

3688. Cassini. Cartes de France coloriées et collées sur toile. 2 fr. pièce.

2. Beauvais. — 3. Amiens. — 4. Arras. — 5. St-Omer. — 6. Calais. — 8. Orléans. — 21. Douvres. — 22. Boulogne. — 24. Dieppe. — 25. Rouen. — 41. Lille. — 42. Cambray. — 43. Laon. — 45. Meaux. — 46. Sens. — 47. Auxerre. — 60. Le Havre. — 75. Tarbes. — 78. Mézières. — 79. Reims. — 80. Châlons. — 81. Troyes. — 87. Lyon. — 96. Mayenne. — 110. Verdun. — 111. Toul. — 112. Joinville. — 116. Lons-le-Saulnier. — 122. Avignon. — 123. Aix. — 141. Metz. — 142. Nancy. — 143. Mirecourt. — 144. Luxeul. — 145. — Vesoul. — 146. Besançon. — 161. Wessemberg. — 162. Strasbourg. — 163. Colmar. — 164. Neubrisack. — 165. Basle.

3689. Catalogue of a collection of miniatures by Richard Cosway. R. A. and contemporary miniaturist, in the possession of Ed. Joseph. Londres, 1885, in-fol. demi-rel. mar. grenat avec coins, tr. dor.   30 fr.

28 planches en photographie.

3690. Catéchisme des partisans, ou résolution théologiques touchant l'Imposition, Levées, l'Emploi des Finances, par R. P. D. P. D. S. J., (Rév. Père Dom Pierre de St-Joseph, feuillant). Paris, Cardin, Besongne, 1649, in-4, dérelié.   3 fr.

3691. Cavelier (G. fils). Les souverains du monde, ouvrage qui fait connaître la généalogie de leurs maisons, avec un catalogue des auteurs qui en ont le mieux écrit. Paris, G. Cavelier, 1718, 4 vol. in-12 veau, tr. rouges.   12 fr.

Contenant 220 planches avec 200 blasons.

3692. Caylus. Recueil d'antiquités égyptiennes, étrusques, grecques et romaines. Paris, Saillant, 1752, 7 vol. — De l'usage des statues chez les anciens. Essai historique. Bruxelles, 1768, 1 vol. — Ensemble, 8 vol. in-4 mar. rouge, fil., tr. dor., dos orné. (rel. anc.).   1000 fr.

Frontispice allégoriques, fleurons sur les titres, culs-de-lampes non-signés, et environ 825 planches d'antiquité.

Superbe exemplaire d'une fraîcheur remarquable, aux armes du duc d'Aumont.

3693. Célébrités contemporaines. Paris, Quantin, 1884, 1 vol. in-12 br.   12 fr.

Chaque volume contient 10 portraits gravés à l'eau-forte.

3694. Cent nouvelles (Les) nouvelles, suivent les cent nouvelles contenant les cent histoires nouveaux qui sont moult plaisans à raconter en toutes bonnes compagnies par manière de joyeuseté. La Haye, 1733, 2 vol. in-12 veau fil.   4 fr.

3695. Cervantès. L'Ingénieux Hidalgo don Quichotte de la Manche. Paris, Hachette, 1869, pet. in-fol. en livraisons.   5 fr.

De la livraison 41 à fin, c'est-à-dire 37 livraisons. Illustrations de G. Doré.

3696. Cervantes. El ingenioso. Don Quixote de la Mancha. Madrid, Ibarra, 1780, 4 vol. in-4, veau, tr. dor.   130 fr.

2 front., 1 portrait, 14 lettres ornées, 22 en-têtes et 20 culs-de-lampe, 31 fig. par Baranco, Brunette, Del Castillo, Ferro et Gil. etc.

Achat de Bibliothèques

3697. **Chabaille** (P.). Le Roman du Renart, supplément. Variantes et corrections. Paris, Silvestre, 1835, in-8 br.   12 fr.

Formant le tome 5 du Roman du Renart. Exemplaire en grand papier de Hollande.

3698. **Chailley** (Joseph). L'impot sur le Revenu. Législation comparée et économie politique. Paris, Guillaumin, 1884, in-8 br.   5 fr.

3699. **Champavert**. Contes immoraux. 1870, in-12, mar. rouge, dent. int., tête dor., n. rogn. étui.   250 fr.

Illustré de 47 aquarelles originales dans les marges par H. de Sta.

3700. **Chanson de la Figue** (La) ou la Figuéide de Molza. Commentée par Annibal Caro (xvie siècle). Traduit en français pour la première fois, texte italien en regard. Paris, Liseux : 1886, pet. in-8, br.   20 fr.

On sait ou l'on pourra deviner ce que les Italiens entendent par la « figue » comme ils appellent autre chose le « melon » ou la « pêche », par analogie de configuration. Horace donne à l'objet son nom propre, observant que, bien avant Hélène, il avait été la cause la plus active des guerres (belli tetterrima causa. Nos modernes, plus discrets, le couvrent d'une gaze plus ou moins transparante, et pour Rabelais lui-même, pour Béroalde de Verville, c'est le « comment a nom ? »
Pour Molza et son commentateur Caro deux contemporains de Rabelais, c'est un fruit savoureux : la figue. Ces deux compères, écrivains pleins de finesse et de bonne humeur, semblent s'être donné le mot, l'un en prose et l'autre en vers, pour dire, au moyen de spirituelles allégories et d'équivoques plaisantes, tout ce qu'il est possible d'imaginer en pareille matière. Qui croirait qu'on pût déployer tant d'érudition à propos d'une figue ?

3701. **Chapelain**. La Pucelle ou la France délivrée. Poëme héroïque. Suivant la copie imprimée à Paris, 1656, in-18 front. gravé et fig. mar. rouge, dos orné, fil. tr. dor. (Capé).   50 fr.

Bel exemplaire de cette jolie édition imprimée par Jansson d'Amsterdam, se joignant à la collection elzévirienne.

3702. **Chartier**. Le curial de M. Alain Chartier, secrétaire du Roy Charles septième, où il est amplement traitté de la vie et des courtisans, des malheurs et calamitez des hommes qui conviennent très bien à cest age. Reveu et corrigé de nouveau, avec les cottations tant des histoires sainctes que prophanes, par Daniel Chartier, Orléanois, sieur de la Bonrla-

dière. Paris, Chevillot, 1582, in-8 de 8 ff. prél. et 104 ff. mar. r. jans. dent. int. tr. dor. (Trautz-Bauzonnet).   100 fr.

Exemplaire du comte d'Auffay et de Firmin-Didot (185 fr.).

3703. **Chinky**. Histoire Cochinchinoise qui peut servir là d'autres pays par l'abbé Coyer. Londres, 1768, in-8, demi-rel.   1 fr.

3704. **Choix des poésies** contemporaines, précédées d'une histoire de la poésie moderne par J. Janin. Paris. 1829, in-18, demi-rel. non rog.   2 fr.

3705. **Chronologie des gentilshemmes** reçus à la Chambre de la noblesse des états du pays et comté de Hainaut, depuis 1570 jusqu'en 1779, précédée d'un précis des épreuves nécessaires pour y être admis selon les derniers réglements. Paris, Saillant, 1780, in-fol. cart.   40 fr.

Nombreuses figures d'épitaphes et d'armoiries.

3706. **Ciccolini** (Theodoro). Del Cavallo degli Seacchi per opera. Paris, Bachelier, 1836, in-4 cart.   4 fr.

25 planches.

3707. **Ciceri** (Eug.). 6 vues de la citadelle de Blaye, lithographiées par différents artistes, d'après les dessins d'Eug. Ciceri. Paris, Bullo, s. d. in-fol. en feuilles.   6 fr.

3708. **Claretie** (Jules). Monsieur le Ministre, comédie en 5 actes. Paris, Dentu, 1883, in-8 br.   1 fr.

3709. **Claretie** (Jules). Histoire de la révolution de 1870-1871. — Chute de l'Empire. — La guerre. — Le gouvernement de la défense nationale. — La paix. — Le siège. — La commune de Paris. — Le gouvernement de M. Thiers. — La présidence du maréchal de Mac-Mahon. Paris, librairie illustrée, 2 vol. in-4 br. n. c.   8 fr.

Illustré de portraits, vues, plans. Cartes et autographes.

3710. **Classiques de la Table** (Les), à l'usage des praticiens et des gens du monde. Paris, Dentu, 1844, in-8 demi-veau vert, tr. jasp.   12 fr.

Portraits et figures hors texte.

3711. **Clerc** (Georges). Poésies sentimentales, Paris, G. Chamerot, 1890, in-8 br.   10 fr.

Ouvrage tiré à 250 exemplaires. Envoi d'auteur.

3712. **Clercq** (Alexandre de). Formulaire des chancelleries diplomatiques et consulaires suivi du tarif des chancelleries et du texte des principales lois, ordonnances, circulaires. Paris, Guillaumin, 1853. 2 vol. in-8 demi-veau.   **3 fr.**

3713. Collas (B. C.) La Turquie en 1861, Paris, A. Franck, 1861, in-8 br.   **5 fr.**

3714. Collé. Correspondance inédite, faisant suite à son journal avec notes par H. Bonhomme, Paris. Plon, 1864, in-8 demi-percal. n. rog. couv. port.   **5 fr.**

3715. Colomb (Mᵉ). Franchise. Paris. Hachette, 1880, in-8 br.   **2 fr. 50**

    Avec 113 vignettes dessinées sur bois par Ch. Delort.

3716. Collections des meilleurs ouvrages de la langue Française (dédiée aux dames curieuses de jolies éditions ; un certain nombre de volumes portent une dédicace à la duchesse d'Angoulême). Paris, Didot, 1814 à 1829, 23 vol. in-16, demi-mar. bleu, avec coins, tr. sup., dor., non rog. (Cuzin).   **160 fr.**

    Exemplaire en papier vélin fort.

3717. Complainte et enseignements de Françoys Garin. Paris. 1832, in-8 br. papier de Hollande.   **6 fr.**

    Réimpression faite par Crapelet à 100 exemplaires.

3718. Confessions of miss Coote à most voluptuous and refined collection of ten letters respecting her expériences as 2 flagelland. London, Printed for the société of vice, 1892, 2 vol. in-12 br.   **30 fr.**

3719. Contes et nouvelles en vers, par Voltaire, Vergier, Sénecé, Perrault, Monerif et le P. Ducerceau. Paris. Leclère, 1862, 2 vol. in-8 demi-chag. bleu tr. rouge.   **30 fr.**

    Vignettes de Duplessis-Bertaux.

3726. Contes secrets Russes (Ronsskiia zavetuiia shazki.) Traduction complète. Liseux, 1891, in-8 broché, tiré à 220 exemplaires numérotés.   **25 fr.**

    Divers ouvrages modernes ont déjà fait connaître en France un certain nombre de contes Slaves. Ceux-ci sont à peu près inédits. — et pour cause — dans leur pays natal. L'original du présent recueil, tiré à quelques exemplaires seulement pour les archéolognes et les bibliophiles a été imprimé clandestinement, comme l'auteur lui-même nous l'apprend dans sa préface.

3721. Corneille. Œuvres. Nouvelle

édition revue sur les plus anciennes impressions et les autographes et augmentée par M. Ch. Marty-Laveaux Paris, Hachette, 1862, 12 vol. in-8 et album br.   **55 fr.**

    De la collection des Grands Ecrivains.

3722. Corneille. Théâtre de P. Corneille avec des commentaires et autres morceaux intéressans. S. L. 1776, 10 vol. in-8. veau marb. **30 fr.**

    Figures de Gravelot.

3723. Cortambert. Mœurs et caractères des peuples (Asie, Amérique, Océanie) morceaux extraits de divers auteurs. Paris, Hachette, 1879, in-8, br.   **2 fr. 50**

    Figures hors texte.

3724. Costes (H.). Les institutions monétaires de la France avant et depuis 1789. Paris, Guillaumin, 1885 in-8 br.   **5 fr.**

    Envoi d'auteur.

3725. Coste (Adolphe). Les questions sociales contemporaines comptes rendus au concours Pereire et études nouvelles sur le paupérisme, la prévoyance, l'impôt, le crédit, les monopoles, l'enseignement. Paris, Guillaumin, 1886, in-8 br.   **6 fr.**

    Publié à 10 francs.

3726. Coste. Recherches sur la génération des mammifères suivies de recherches sur la formation des embryons. Paris. Bouvier, 1834, in-4 br.   **5 fr.**

    8 planches lithographiées, rare.

3727. Cottinet (Edmond). Les intermèdes. Paris, Jouaust, 1873, in-8 br.   **3 fr.**

    Envoi d'auteur.

3728. Couché (Fils). Les vues des plus beaux palais, monuments et églises de Paris, gravées à l'eauforte avec un texte explicatif. Paris, Vilguin, s. d. in-8, demi-rel. fig.   **25 fr.**

3729. Courcelle-Seneuil (J. G.). Traité théorique et pratique des opérations de banque. Paris, Guillaumin, 1876, in-8 br.   **5 fr.**

3738. Crafty. La Province à cheval. Texte et dessins par Crafty. Paris. Plon, 1886, gr. in-8 demi-chag. rouge avec coins tête dor. n. rog. dos orné.   **14 fr.**

    Illustrations dans le texte et hors texte.

3731. Crafty. Paris à Cheval. Texte

et dessins par Crafty. Avec une préface par Gust. Droz. Nouvelle édition Paris. Plon, 1884, gr. in-8 demi-chag. rouge avec coins, tête dor. n. rog. 14 fr.

Nombreux dessins dans le texte et hors texte.

3732. Cuisin. Les Femmes entretenues dévoilées dans leur fourberies galantes ou le fléau des familles et des fortunes, par Cuisin, 2 tomes en 1 vol. in-12, avec 2 jolies figures. 6 fr.

Espiègleries comiques d'Amandine. Les secrets du métier dévoilés. Les débuts de Pommerose. Le boudoir magique de Mlle Albertine. Le colimaçon syphilitique, etc., etc.

3733. Cuisinier (Le) Roïal et bourgeois, qui apprend a ordonner toute sorte de repas, et la meilleure manière des ragoûts les plus à la mode et les exquis. Paris, Ch. de Sercy, 1698, in-12 veau. 10 fr.

8 planches.

3734. Cuvillier Morel d'Acy. Notice historique et généalogique sur les premiers sires de Poix sur les seigneurs et la maison de Moyencourt (en Picardie) depuis l'an 1175 jusqu'en 1868. Paris, 1868, brochure in-8 (80 pages). 1 fr. 50

Tiré à petit nombre.

3735. Dante. Le primé quattro edizioni della divina commedia littéralmente ristampate per cura di H. W. lord Vernon. Londra, 1858 in-fol. demi-rel. chag. 25 fr.

3736. Darboy (Msr). Les saintes femmes fragments d'une histoire de l'église. Paris, Garnier, s. d. gr. in-8 br. 5 fr.

Nombreux portraits.

3737. Delaborde (le Vte Henry). Le département des estampes à la bibliothèque nationale. Notice historique suivie d'un catalogue des estampes exposées dans les salles de ce département. Paris, Plon, 1875, in-8 br. 4 fr.

3738. De La Chapelle (Salomon). Histoire judiciaire de Lyon et des départements de Rhône-et-Loire et du Rhône depuis 1790. — Documents relatifs aux tribunaux de district de département et d'arrondissement. Lyon, H. Georg. 1880, 2 vol. in-8 br. papier de Hollande. 8 fr.

3739. Delatour (Alb.) Adam Smith sa vie, ses travaux, ses doctrines. Paris Guillaumin, 1886, in-8 br. 3 fr.

3740. Delille. Œuvres. Paris. (Imp. de Didot l'aîné) 1824, 16 vol. gr. in-8 demi-veau, viol. (Thouvenin). 45 fr.

Portrait par Petrelle, figures de Moreau, Girodet, Desenne etc. gravés par Lejeune, etc.

3741. Delille (J.) Œuvres. Nouvelle édition. Paris. Michaud, 1824, 16 volumes, in-8 demi-veau viol. tr. marb. 30 fr.

Portrait et figures.

3742. Description de l'Egypte, ou Recueil des observations et des recherches qui ont été faites en-Egypte pendant l'expédition de l'armée française, seconde édition publiée par Panckoucke. Paris, Panckouche 1821-1829, 24 tomes en 26 volumes in-8 en 11 vol. in-fol. de planches demi-veau bleu. 350 fr.

Les volumes de planches se répartissent ainsi : Antiquités, 5 vol. — Altas géographique, 1 vol. — Etat moderne, 2 vol. — Histoire naturelle, 3 vol. Exemplaire bien complet.

3743. Deveureux. Venus in India, or Love adventures in Hindustan by Captain Charles Deveureux of the General Staff, 2 vol. well printed, dutch paper. 40 fr.

« Puellis idoneus fui Nec militavi sine gloria. »

The personal adventures in the Field of Love of a young and recently married officer, whom the Afghan War forces to leave his young Wife at home.

He procoede to India unter the impression that he has sown all his wild oats, end that he is quite proof against the Temptation of the Flesh.

The extraordinary beauty and powerfully seductiye graces however of the lovely, but most charmingly lascivious Lizzie Wilson, cause our Hero a struggle, into her literally naked embraces — Lizzie Wilson tells our Hero the story of her own seduction in a most artless and naturel manner which can not fail to powerfully move the Readers heart and senses.

Although the author uses a very free pen, and describes the voluptuous scènes through which he takes the reader with absolute fidelity to name the charm sacred to Love without any disguise in the words used, use, ve can confidently recomment this work as one quite free from that low tone whicg too often degrades works of this nature.

3744. Dictionnaire de la conversation et de la lecture. Paris. Didot, 1868, 16 vol. gr. in-8 br. 40 fr.

3745. Dolet. Etienne Dolet, le martyr de la Renaissance, sa vie et sa mort, ouvrage traduit de l'Anglais sous la

direction de l'auteur Richard Copley Christie par Casimir Stryienski. Paris. Fisbacher 1886, in-8 br. neuf.
5 fr.

Publié à 15 francs.

3746. Doray de Longrais. Faustin ou le siècle philosophique. Amsterdam, 1784. in-8 veau fil. tr. dor, (Derôme).
8 fr.

3747. Dormory (P. A.) Souvenirs d'avant-garde. Armée des Vosges, 1870-71. Paris. Sauvaitre, 1887-90, 5 vol. in 32 br.
4 fr.

Châtillon. — Le 30 Octobre. — Le 26 Novembre. — Le Mouton. — Le Drapeau.

3748. Drumond de Melfort. Traité sur la Cavalerie. Paris, 1776, 2 vol. in-fol, le vol. de texte, veau, ancien fatigué et le vol de pl. pet. in-fol., demi-veau fauve moderne. 130 fr.

Le 1er vol. contient 11 pl. et le 2e 32 pl. doubles, montées sur onglets et pliées.

3749. Du Bled (Victor). Histoire de la Monarchie de Juillet de 1830 à 1848. Paris, Dentu, 2 vol. in 8 br.
4 fr.

3750. Ducancel. L'intérieur des comités révolutionnaires ou les aristides modernes, comédie en trois actes et en prose. Paris, Barba, an V de la république, in-8, demi-toile, n. rog.
1 fr.

3751. Du Choul. Discours sur la castrametation et discipline militaire des Romains des bains et antiques exercitations grecques et Romaines ; de la religion des anciens Romains. A Wesel, 1672, in-4 demi-percal. ébarbé. 12 fr.

Ouvrage très rare et très curieux contenant nombreuses figures gravées le dernier feuillet est doublé.

3752. Du Cleuziou (H.). L'art national étude sur l'histoire de l'art en France. Paris, Le Vasseur, 1883, 2 vol. gr. in-8 br. 45 fr.

Nombreuses figures avec envoi d'auteur. Publié à 80 francs.

3753. Duclos. Les confessions du comte de ***. Paris, Didot, 1781, 2 vol. in-12, mar. rouge, fil. orn. sur les plats dos orné tr. dor. (Rel. anc.)
25 fr.

De la collection du comte d'Artois.

3754. Ducroco (Th.). Etudes d'histoire financière et monétaire. Paris, Guillaumin, 1887. in-8 (fig.) br. 3 fr.

3755. Dumas fils (A.) Herminie, l'a-mazone, Paris, Calmann-Lévy, 1888, pet. in-8, demi-rel. mar. vert. avec coins, n. rog. couv. 170 fr.

Un des 225 exemplaires tirés sur papier vélin du Marais avec les figures en trois états dont l'eau-forté pure n° 24.

3756. Dumas (Cte M.) Précis des événements militaires, ou essais historiques sur les campagnes de 1799 à 1814. Paris, Treuttel et Wurtz 1817-1826, 19 vol. in-8 demi-rel. chag. rouge et atlas cart. 110 fr.

117 planches.

3757. Du Moncel. De Venise à Constantinople à travers la Grèce, et retour par Malte, Messine, Pizzo et Naples. Paris, Gide, s. d. in-folio obl. demi-rel. 30 fr.

Contenant 51 planches en lithographie.

3758. Dumont. Histoire militaire du prince Eugène de Savoie, du prince duc de Malborough et du prince de Nassau-Frise augmenté d'un supplément par Rousset. La Haye, 1729, 3 vol. in-fol. maroq. rouge, fil, à la Duseuil dos orné dent. int. tr.(Hardy). 300 fr.

Très bel ouvrage fort bien exécuté renfermant de très belles planches représentant des champs de bataille armoiries sur les plats.

3759. Duperrey. Voyage autour du monde, exécuté par ordre du roi, sur la corvette de sa Majesté La Coquille Paris, Bertrand, 1828, texte in 4 et pl. in-fol. en feuilles. 30 fr.

Exemplaire incomplet comprenant : Zoologie, tome 1er en 2 parties, complet plus 44 pl. prises dans les 17 premières livraisons. Botanique. Cryptogamie Tome 1er complet, plus 20 pl. prises dans les 5 premières livraisons. — Partie historique. les 31 premières feuilles moins le titre, et 13 pl. prises dans les 3 premières livraisons.
Les pl. sont sur papier vélin.

3760. Dupin (Charles). Force militaire de la Grande Bretagne. Paris. Bachelier 1820, 3 vol. in-4 demi-cuir de Russie tr. marb. 15 fr.

3761. Dupont-Auberville. L'Ornement des Tissus, recueil historique et pratique, avec des notes explicatives, et une introduction générale. Paris. Ducher, 1877, gr. in-4 demi-chag. rouge tête dor, n. rog. 85 fr.

100 planches en couleurs, montées sur onglets.

3762. Durand (Alexis). Le Château de Fontainebleau esquisses en vers suivies de poésies diverses. Paris, 1840 in-8 demi-rel. mar. tête dor. non rog.   **3 fr.**

3763. Du Sommerard, (conservateur du Musée de Cluny). Les Arts au moyen-âge, en ce qui concerne principalement le palais Romain de Paris, l'hôtel de Cluny issu de ses ruines, et les objets d'art de la collection classée dans cet hôtel. Splendide ouvrage composé de 510 planches in fol. dont beaucoup sont coloriées et 5 vol. in-8 de texte demi-mar. avec coins, tête dor. n. rog. (Ronsselle).   **600 fr,**

Cette superbe publication, donne les plus beaux spécimens d'objets de l'époque du moyen-âge, elle a été publiée par les soins du gouvernement, sous la direction de l'auteur en 1846.

Monuments religieux 60 pl. — Monuments civils 40 pl. — Mobiliers civils et religieux 40 pl. — Sculptures, groupes, figures, monuments en pierre, marbre, bois, statues bas-reliefs, 40 pl. — Peinture, tableaux, volets de diptyques et de triptyques, portraits, dessins 40 pl. — Miniatures, manuscrits dessins, 65 pl. — Tapisseries, étoffes, ornements d'église, costumes, vitraux faïences, mosaïques 40 pl. — Emaux, autels d'or, 40 pl. — Armes, armures, fers, orfévrerie objets usuels, 40 pl.

3754. Dussieux (L.) Géographie générale. Paris. Lecoffre, 1866, fort vol. gr. in 8 demi-chag. viol. tr. jasp. texte à deux colonnes.   **5 fr.**

3765. Du Tillet (Jean). Recueil des roys de France leur couronne et maison. Ensemble le rang des grands de France. Plus une chronique abbrégée contenant tout ce qui est advenu, tant en fait de guerre, qu'autrement entre les Roys et Princes, républiques et potentats estrangers. En cette dernière édition à esté adiouste les inventaires sur chaque maison des Roys et Grands de France. Paris. Jean Houzé, 1607, fort vol. in-4 vélin, dos en veau.   **10 fr.**

3756. Emsworth (D.) Le cheval et le chien. Paris, Tanera, 1853, in-8 br.   **3 fr.**

3767. Erasme. L'eloge de la folie, traduit du latin d'Erasme par M. Gueudeville, nouvelle édition revue et corrigée sur le texte et de l'édition de Basle. S. L. (Paris), 1751, in-12 titre in-4 veau fauve dos orné à petits fers fil. tr. (Rel. Anc.).   **80 fr.**

1 front. 1 fleuron sur le titre, 13 estampes, 1 vignette, 1 cul-de-lampe par Eisen gr. par Aliamet, de la Fosse, Flipart, Legrand, Le Mire, etc.

Bel exemplaire en grand papier.

3768. Eucludis. Elementorum libri xv graece cum-comm. Procli et praefatione S. Grynaei Basileœ, 1533, in-fol. vélin blanc, estampe.   **40 fr.**

Figures sur bois.

3769. Favre (Jules) Gouvernement de la défense nationale du 30 Juin au 31 Octobre 1870. Paris, Plon. 1871, 5 vol. in-8 br.   **12 fr.**

3778. Fénelon. Les aventures de Télémaque fils d'Ulysse. Paris, Ancelle 1798, 2 vol. in-4 veau.   **20 fr.**

25 figures gravées d'après Monnet.

3771. Feuillets glanés, poésies inédites faites spécialement d'eaux-fortes. Gr. in-8 cart. tr. dor.   **12 fr.**

20 eaux-fortes publié à 30 fr.

3772. Faydeau (Ernest). Les Quatre-Saisons. Etudes d'après nature. Paris. Didier, 1858, gr. in-8 demi-veau fauve, tête dor. n. rog. couv. dos orné.   **20 fr.**

Edition originale avec un envoi autographe de l'auteur à Champfleury.

3773. Fille Elisa (La). Scène en un acte par un auteur bien connu (Lemercier de Neuville), avec illustrations d'un artiste aussi renommé qu'original. A Rome. Au temple de Vénus. s. d. broch. in-8.   **3 fr.**

Critique très curieuse de Nana et de l'Assommoir, avec 2 eaux-fortes.

(Extrait de la préface) « Ami-lecteur. je ne te conseille point de colporter ce livre sous le manteau : il n'a point les mérites pimentés nécessaires pour cela : je ne te conseille point non plus de le laisser traîner dans la chambre de ta fille ni dans le salon de ta femme, non pas que je craigne son influence sur la vertu de l'une ni sur l'innoncence de l'autre, mais à vrai dire, là il ne serait pas à sa place. »

Très rare.

3774. Firenzuola Tales of Firenzuola (xvi[th] century). Literally translated into English. One volume, Elzevirian sise (250 pages). Price :   **10 fr.**

Firenzuola is more than a pleasing story-teller : he is a masterly writer, who adadts a nervous style to the service of an imagination naturally voluptuous. His tales give pleasure by their free allure, jovial tone and the perfect finish of their style.

3775. Flandin et Coste. Voyage en Perse d'Eug. Flandin, peintre, et Pascal Coste, architecte, attachés à l'ambassade de France en Perse pendant les années 1840 et 1841. Paris, Gide et Baudry, 1853-1854, 6 vol. in-

Et de Livres anciens et modernes

fol., demi-rel. mar. rouge, avec coins, dos ornés, ébarb.   500 fr.

344 planches montées sur onglets.

3776. **Flora Rossica** edita jussu et auspiciis augustissimœ. Rossorum impératricio. Catharinal II Petropoli 1784, in-fol. demi-rel. chag. vert n. rog.   50 fr.

56 planches coloriées.

3777. **Franchières** (des). La Fauconnerie de F. Jan des Franchières, avec une autre fauconnerie de Guillaume Tardif, du Puy en Vellay.. Poitiers, Enguilbert de Marnef, et les Bouchets frères, 1567, 4 parties en 1 vol. pet. in-4, fig, v. f. fil. tr. dor. (Koehler.)   300 fr.

Deuxième édition d'un ouvrage estimé et très rare.

3778. **Fustel de Coulanges**. Histoire des institutions politiques de l'ancienne France. La Monarchie franque. Paris, Hachette, 1888, in-8 br.   5 fr.

3779. **Gambetta**. Discours politiques de M. Gambetta. (Juin 1871 Octobre 1873.) Paris. E. Leroux, 1875, in-8 br.   3 fr.

3780. **Galeries** historiques du palais de Versailles. Paris, Imprimerie royale 1840, 2 vol. in-8 demi-veau fauve, papier vergé.   12 fr.

609 armoiries.

3781. **Gautier** (Th.) La comédie de la Mort. Paris. Desessart, 1838, gr. in-8 demi-mar. bleu avec coins, tête dor. n. rog. (Pougetoux).   30 fr.

Edition originale. Frontispice. Bel exemplaire.

3782. **Gessner**. Mort d'Abel, poème, traduit par Hubert. A Paris, chez Defer de Maisonneuve, 1793, in-4 fig., veau porphyre, fil., tr. dor.   80 fr.

Frontispice et 5 planches imprimées en couleurs, d'après les dessins de Monsiau.

3783. **Goethe** Werther, traduction nouvelle par P. Leroux avec une préface par G. Sand. Paris, Hetzel, 1845, gr. in-8 demi-rel. chag. rouge.   10 fr.

Ouvrage illustré de 10 eaux-fortes par Tony Johannot.

3784. **Gomberville**. La doctrine des mœurs tirée de la philosophie des stoïques représentée en cent discours pour l'instruction de la jeunesse. Paris, Pierre Daret, 1646, in-folio demi-veau.   25 fr.

Très bonnes épreuves.

3785. **Gouvion Saint-Cyr**. Atlas des cartes et plans relatifs aux campagnes de Maréchal Gouvion St-Cyr, aux armées du Rhin et Moselle pendant les années 1792 à 1797. Paris, 1828, in-fol. obl. demi-rel. bas. 15 fr.

15 planches.

3786. **Graffigny** (Mme de). Lettres d'une Péruvienne. Paris) 1797, gr. in-8 cart. n. rog.   100 fr.

Portrait de l'auteur gravé par Gaucher et 6 belles fig. par Le Barbier gravées par Choffard. Exemplaire en grand papier vélin.

3787. **Grande** (La) encyclopédie. Inventaire raisonné des sciences, des lettres et des arts par une société de savants Paris, Lamirault, 21 vol. in-4 br. et en livr.   220 fr.

Tome 22 livr, 526 à 551.

3788. **Granier de Cassagnac**. Histoire de la chute du roi Louis-Philippe de la République de 1848 et du rétablissement de l'empire (1847-1855). Paris. Plon, 1857, 2 vol. in-8. br. (Mouillures).   4 fr.

3789. **Grécourt**. OEuvres complètes, enrichies de gravures, nouvelle édition, soigneusement corrigée et augmentée d'un grand nombre de pièces qui n'avaient jamais été imprimées. Paris, Chaignieau aîné, an V (1796), 4 vol. in-8. mar. r., dos ornés, fil., dent. int., tr. dor. (Capé).   180 fr.

1 portrait par Dupréel, et 8 figures par Fragonard fils, gravées par Dambrun, Duparc, Giraud le jeune, Pauquet, Lingée et Dupréel. Bel exemplaire sur Papier vélin, avec les figures avant la lettre.

3790. **Grisier** (A.) Les armes et le duel 3e edition revue corrigée et augmentée. Paris, Dentu, 1864, gr. in-8 br. n. rog. couv.   12 fr.

Portrait et figures.

3791. **Grisolle** (A.). Traité élémentaire et pratique de pathologie. Paris, Masson. 1857, 2 vol, in-8 br,   4 fr.

3792. **Guerres** des Vendéens et des Chouans contre la République française, ou annales des départemens de l'ouest pendant ces guerres. Paris. Baudoin, 1824, 2 vol. in-8 demi-veau gris avec coins.   15 fr.

3793. **Gueudeville**. Critique générale des Aventures de Télémaque. Cologne, 1700, 2 vol. in-12, front. mar. viol. à long grain, dos et plats ornés, tr. dor.   10 fr.

Achat de Bibliothèques

3794. Guichenon (Samuel). Histoire généalogique de la Royale-Maison de Savoie justifiée par titres, fondations de monastères etc. Turin, 1778, 5 vol. in-fol. demi-rel. veau. 120 fr.

Nombreuses planches de blasons et figures.

3795. Guyot (Dr Jules). Institutions républicaines ou réformes économiques, administratives et politiques précédée d'un coup d'œil sur la situation au commencement de 1849. Paris, Furne et Perrotin, 1847, in-8 br. 3 fr.

Envoi d'auteur.

3796. Gynecocracy. A narrative of the adventures and psychological expériences of Julian Robinson. Paris and Rotterdam, 1893, 3 vol. in-12 br. 60 fr.

3797. Halévy (L.) Les petites Cardinal, Paris, C. Lévy, 1880, in-12 br. couv. n rog. 8 fr.

Édition originale.

3798. Hénault. Abrégé chronologique de l'histoire de France. Nouvelle édition augmentée par C. A Walckenaer, suivie d'une nouvelle continuation depuis Louis XIV jusqu'à l'année 1821. Paris 1821, 6 vol. in-8, demi-mar. rouge avec coins, n. rog. (rel. de l'époque). 15 fr.

3799. Henry (Th.) La Belle Miette. Paris. Librairie Nationale, 1882, 2 vol. gr. in-8 demi-percal. argent avec coins. n. rog. 7 fr.

Nombreuses illustrations.

3800. Histoire de l'Eglise cathedrale de Rouen métropolitaine et primatiale de Normandie divisée en cinq livres. Rouen, 1686, in-4 veau. 25 fr.

Cet ouvrage recherché est du bénédictin François Pommeraye. Auteur de bien d'autres bons ouvrages sur Rouen. Bon exemplaire.

3801. History. Of flagellation amony different nations. A. narrative of the Strange custons and cruelties of the romains, greeks, Egyptians etc. London 1888, in-8 vélin. 15 fr.

3802. Hock (Ch. de). L'administration financière de la France. Paris, Guillaumin, 1859, in-8 br. 7 fr.

3803. Holbein (Hans). Portraits of illustrious personages of the court of Henry VIII. Engraved in Imitation of the Original Drawings of Hans Holbein, in the collection of his Majesty, with biographical and historical memoirs, by Edmund Loge, published by John Chamberlaine. London, printed by W. Bulmer, 1828, gr. in-4, portraits, demi-rel. dos et coins de mar. r., dos orné, fil., tr. dor. (Rel. anglaise.) 150 fr.

70 portraits coloriés.

3804. Hottenroch (Fréd.). Le costume, les armes, les ustensiles et les objets mobiliers, texte et dessins. Paris, Guerinet, s. d. in-4 en portefeuille. 20 fr.

96 planches en couleurs. Le texte s'arrete à la page 56.

3805. Houssaye (Ars.). Histoire étrange d'une fille du monde. Paris, Dentu, 1876, in-8 br. 3 fr.

3806. Hubbard (G.) De l'organisation de prévoyance ou de secours-mutuels et des bases scientifiques sur lesquelles elles doivent être établies. Paris, Guillaumin, 1852, in-8 br. 3 fr.

3807. Hubert-Valleroux. Les associations coopératives en France et à l'étranger. Paris, Guillaumin, 1884, in-8 br. 4 fr.

3808. Huet (Daniel). Della situazione del Paradiso terrestre, In Bologna, 1744, in-12 mar. rouge large dent. sur les plats tr. dor. front. (rel. anc.) 5 fr.

3809. Hugo (Victor). OEuvres complètes, littérature et philosophie mêlées. Paris, Houssiaux, 1857, in-8 br. 3 fr.

Figures.

3810. Hugo (V.) Napoléon le petit. Amsterdam 1853, in-18, demi-mar. rouge avec coins tête dor. n. rog. dos orné (Bretault), 6 fr.

2811. Hugo (Victor). Histoire d'un crime, déposition d'un témoin. Paris, C. Lévy, 1872, 4 part. en 2 vol. in-8 br. 6 fr.

3812. Hugo (Victor). L'art d'être Grand-père. Paris. C. Lévy, 1877, in 8 br. 3 fr.

3813. Janin (Jules). Ovide ou le poète en exil. Paris, Imp. Claye, 1858, gr. in-12 br. sans couverture. 2 fr.

3814. Jomini (Bon H.) Histoire critique et militaire des guerres de la révolution de 1792 à 1803 précédée d'une introduction. Paris, Ancelin et Pochard 1819-1824, 15 vol. in-8 demi rel. et 4 cahiers de planches in-fol. 100 fr.

36 planches. — Ouvrage rare.

3815. Jouffroy (Achille de). Les fastes de l'anarchie ou précis chronologique des événements mémorables de la Révolution française depuis 1789 jusqu'à 1804. Paris, 1820, 2 vol. in-8 bas. rac.   **4 fr.**

3816. **Journal** des Economistes, in-8, en livraisons, années séparées.

     1842, complète.   8 fr.
     1842, manque Juillet et Décembre 3 fr.
     1865, manque Mars, Avril et Décembre.   3 fr.
     1864, complète.   5 fr.
     1873, complète.   5 fr.

3817. **Journée** de l'Amour, ou heures de Cythère (par la Ctesse de Turpin, Boufflers. Faillard, Fovart et l'abbé de Voisenon.) Gmide (Paris), 1776, in-8 demi-chag. vert, n. rog.   **20 fr.**

     Petit recueil de babioles produites par une Société littéraire, dite l'Ordre de la Table Ronde. Il est dédié aux femmes et orné de 4 gravures et 8 culs-de-lampe, dessinés par Tannay.

3818. **Jubinal** (Achille). Une lettre inédite de Montaigne. Paris, Didron, 1850, in-8 br.   **2 fr. 50.**

3819. **Julien** (Stanislas). Histoire et fabrication de la porcelaine chinoise accompagné de notes par M. A. Salvétat et augmenté d'un mémoire sur la porcelaine du Japon par le Dr J. Hoffmann. Paris, Mallet-Bachelier, 1856, in-8 (fig.) br.   **6 fr.**

3820. **Keller** (Emile). Histoire de France, 3e édition. Tours. Mame, 1876, 2 vol. in-8 br.   **5 fr.**

3821. **Krafft** (Hugues). Souvenirs de notre tour du monde. Paris. Hachette, 1885, gr. in-8 br.   **8 fr.**

     Illustré de 24 phototypies et contenant 5 cartes.

3822. **Kunslicher** Bericht und allerzierlichste beschrenbung des Edlen, Vhosten und Hochberümbten Ehrn Friderici Grisonis... durch Johonn Fayser den Jüngern von Arnstain S. l. (vers 1589., in-fol., fig. s. bois, vél.   **50 fr.**

     Quelques figures coloriées.

3823. **Laboulaye** (Edouard). L'Etat et ses limites suivies d'essais politiques sur A. de Tocqueville. Paris, Charpentier, 1863, gr. in-8 demi-maroq. viol.   **4 fr.**

3824. **Lacan** (Ernest). Un réveillon à l'hôtel Carnavalet en 1677. Paris, Aubry, 1868, in-12 cart. toile, n. rog.   **3 fr.**

3825. **Lacombe** (Paul). Bibliographie parisienne. Tableaux de mœurs (1600-1880). Avec une préface par M. J. Cousin. Paris. Rouquette, 1887, gr. in-8 br.   **8 fr.**

3826. **Lacroix** (Paul). (Bibliophile Jacob.) Iconographie Molieresque. Paris. A Fontaine, 1876, in-8 br. papier de Hollande.   **10 fr.**

     Bel ouvrage publié à 25 fr.
     Portrait gravé à l'eau-forte.

3827. **Lafontaine.** Contes et nouvelles en vers. Paris, Barraud, 1874, 2 vol. in-8, mar. vert, fil. sur les plats dos orné, tête dor. ébarbé. (Petit).   **100 fr.**

     Exemplaire sur papier vergé. Réimpression de l'édition dite des Fermiers généraux, 85 fig. et 75 têtes de pages, fleurons et culs de lampe. Bel exemplaire.

3828. **La Fontaine.** Œuvres. Nouvelle édition, revue sur les plus anciennes impressions par H. Regnier. Paris, Hachette. 1883, 12 vol. in-8 br.   **55 fr.**

     De la collection des grands Ecrivains.

3829. **Laharpe** (Jean-François.) Du fanatisme dans la langue Révolutionnaire ou de la persécution, suscitée par les Barbares du xviiie siècle contre la Religion chrétienne et ses ministres. Paris, Migneret, 1797, in-8 percal. rouge n. rog.   **3 fr.**

3830. **Laity** (Armand). Le prince Napoléon à Strasbourg. Paris, 1838, in-8 br.   **2 fr.**

3831. **Lamartine** (A. de). Chant du Sacre ou la veille des Armes. Paris. Baudouin, frères, 1825, in-8 cart. demi-veau.   **3 fr.**

     Titre orné d'un bel encadrement en bleu.

3832. **Lamartine.** Œuvres complètes. Paris, chez l'auteur, 1862. 40 vol. in-8 demi-rel. chag.   **150 fr.**

3833. **La Mettrie** (de). Œuvres philosophiques, Londres, chez J. Nourse 1751, in-4 mar. rouge dos orné, fil., tr. dor. (Rel. anc.).   **25 fr.**

3834. **Lanessan** (J. L. de). L'Indo-Chine Française étude politique, économique et administrative sur la Cochinchine, le Cambodge, l'Annam et le Tonkin. Paris, F. Alcan, 1889, in-8, br.   **8 fr.**

     5 cartes coloriées.
     Publié à 15 fr.

3835. **Lauzun.** Le duc de Lauzun par Madame de S... Y... née de W... N... Paris. Maradan, 1807, 2 part. en 1 vol. in-12 veau.   **3 fr.**

3836. **Le Febvre** (H.) Changes et arbitrages, nouveau traité théorique et pratique avec usages financiers, Paris, Guillaumin, 1876, in-8.   **5 fr.**

     Publié à 10 fr.

Achat de Bibliothèques

3827. Lefèvre (H.). Des opérations de commerce. L'art de payer et de recevoir. Le change et la banque. Paris, Delagrave, 1880, in-8 (fig.) br.   4 fr.

3838. Le Roux (Hugues). Médéric et Lisée. Paris, J. Lévy, 1887, in 8 br.   4 fr.

80 dessins de Dillon.

3839. Le Roux de Lincy. Recherches sur Jean Grolier, Paris, Potier, 1866, gr. in-8 et atlas br.   12 fr.

Publication très utile aux bibliophiles, planches en couleur.

3840. Leroy (Alphonse). Essai sur l'histoire naturelle de la grossesse et de l'accouchement. — Réponse par M. Alp. Leroy à un Mémoire sur une imputation d'impéritie. Paris. Lelac, 1787. Ensemble, 1 vol. in-8 mar. rouge fil. tr. dor. (Rel. anc.)   10 fr.

3841. Leroy (Ch.). Nouveaux exploits du colonel Ramollot. Paris, Marpon, in-12 br.   3 fr.

Exemplaire sur papier de Hollande avec le frontispice de Kauffmann en deux états.

3842. Leroy-Beaulieu. Essai sur la répartition des richesses et sur la tendance à une moindre inégalité des conditions. Paris, Guillaumin, 1881, in-8 br.   5 fr.

3843. Leser (Ch.). Le Soldat. Paris, Quantin, s. d., in-8 br.   4 fr.

Illustrations d'Eugène Chaperon.

3844. Les Lettres et les Arts. Revue illustrée. Paris, Boussod-Valadon, 1886, in-4 en livraisons.   180 fr.

Nombreuses planches tirées en couleurs. Cette année est épuisée.

3845. Lettres et pièces intéressantes pour servir à l'histoire du ministère de Roland, Servan et Clavière. Paris, 1792, in-8, demi-percal.   2 fr.

3846. Liesville (de). Histoire numismatique de la Révolution de 1848 ou description raisonnée des médailles, monnaies, jetons repoussés, etc., relatifs aux affaires de la France. Paris, Champion, 1877, in 4 en livraisons.   18 fr.

Les 9 premières livraisons publiées au prix de 10 fr. la livraison.

3847. Liskenne (Ch.). Crécy, Poitiers, Azincourt, Waterloo. Esquisse historique. Paris, 1855, in-8, demi-percal.   3 fr.

3848. Littré et Beaujan. Diction-naire de la langue française. Paris, Hachette, 1876, gr. in-8 cart.   4 fr.

3849. Livre d'heures satirique et libertin du xixe siècle, un beau vol. in-8.   10 fr.

Ce curieux livre est orné à chaque page d'encadrements variés fort curieux de couleurs différentes.

3850. Lustful Turk (The) or Lascivious scenes in the harem. Faithfully and vividly depiced. London, Privately, printed, in-8 br.   30 fr.

In a series of Letters from a young and beautiful English lady to her cousin in England the full particulars of her Ravishment of her complete abandonment to all the Salacions Tastes of the Turks described with that zest and simplicity which always gives guarantee for its authenticity,

3851. Mahalin (Paul). Les jolies actrices de Paris. Paris, Tresse, 1878, in-12, demi-mar. gr. avec coins, tête dor., n. rog., couv.   6 fr.

3852. Mahé (J.). Essai sur les antiquités du département du Morbihan. Vannes, 1825, in-8, demi-veau.   4 fr.

5 planches.

3853. Maistre (Xavier de). 8 eaux-fortes dessinées et gravées par F. Dupont. Paris, Lemerre, 1878, in-8 en feuilles dans un carton.   4 fr.

3854. Malherbe. Œuvres. Recueillies et annotées par L. Lalanne. Paris, Hachette, 1865, 5 vol. in-8 et album br.   22 fr.

De la collection des grands écrivains.

3855. Mallat de Bassillan. L'Amérique inconnue, d'après le journal de voyage de J. de Brettes. Paris, Didot, 1892, in-12. demi-rel. toile, port., couv.   3 fr.

3856. Malpierre (D.-B.). La Chine. Mœurs, usages, coutumes, arts et métiers, peines civiles et militaires, cérémonies religieuses, monuments et paysages d'après les dessins originaux du Père Castiglione, du peintre chinois Pu-Qua, etc., par MM. Déveria, Regnier, etc. Paris, chez l'éditeur, 1825-1839, 2 vol. gr. in-4, papier vél., figures, demi-mar. vert, n. rog.   100 fr.

130 planches coloriées.

3857. Marius-Michel. La Reliure française depuis l'invention de l'imprimerie jusqu'à la fin du xviiie siècle. Paris, 1880, in-4 br.   40 fr.

Reproduction des plus belles reliures des xviie et xviiie siècles.

3858. Marot. Œuvres de Clément

Et de Livres anciens et modernes

Marot, de Cahors, valet de chambre du Roy, reveues et augmentées de nouveau. La Haye, Adrian Moetjens, 1700, 2 vol. pet. in-12, mar. rouge, dos ornés, fil., tr. dor. (Reliure ancienne).   200 fr.

Excellente reliure de Boyet. Jolie édition la plus recherchée. Haut. 131 m.

3859. **Martin** (H.). Histoire de France depuis les temps les plus reculés jusqu'en 1789. Paris, Furne, 1878, 17 vol. in-8, demi-rel. chag.   60 fr.

Figures.

3860. **Masuccio**. Nouvelles choisies de Masuccio de Salerne (xve siècle). Littéralement traduites pour la première fois, par Alcide Bonneau. Paris, Liseux, 1890, in-8 br. Papier de Hollande.   10 fr.

Masuccio est le Boccace Napolitain. S'il n'occupe pas dans l'histoire littéraire le même rang que l'auteur du « Décaméron », cela tient moins à son infériorité comme conteur, qu'à son style qui est loin de valoir celui de son illustre devancier. « Béni soit le « Salernitain », a dit Doni dans une de ses Libreries : « du moins n'a-t-il pas volé un seul mot à Boccace et son livre lui appartient-il tout entier. » Masuccio, en effet, n'a imité personne, pas plus pour le fond que pour la forme de ses récits ; mais il n'était pas, comme Boccace, un humaniste, un latiniste de premier ordre, il n'a pas pu assouplir d'une façon aussi parfaite l'abrupte idiome populaire dont il se servait et le couler artistement dans le moule que les littératures anciennes nous ont légué, Edition unique à 250 exemplaires.

3861. **Maupassant**. Mont Oriol. Paris, V. Havard, 1887, in-12, demi-rel. mar. or. avec coins, tête dor., non rog.   10 fr.

Edition originale.

3862. **Maupassant**. Pierre et Jean. Paris, Ollendorff, 1888, in-12, demi-rel. mar. or. avec coins, tête dor., n. rog.   12 fr.

Edition originale.

3863. **Maupassant** (Guy de). Des Vers. Paris, Havard, 1884, in-12, mar. vert, fil., large dent. aux coins, tr. dor., couv., portrait par Le Rat. (Bretault).   35 fr.

L'un des 20 exemplaires sur Chine.

3864. **Meilhac** (H.) et L. **Halévy**. La Grande Duchesse de Gerolstein, opéra-bouffe en trois actes, quatre tableaux, musique de J. Offenbach. Paris, Calmann-Lévy, s. d., in-8, vélin blanc à recouvrement, plats ornés, tête dor., n. rog. (Pierson).   700 fr.

L'un des 30 exemplaires tirés sur papier de Hollande, orné de 125 aquarelles par Draner sur le faux-titre et dans les marges.

3865. **Melon** (Paul). L'enseignement supérieur et l'enseignement technique en France. Paris, A. Colin, 1893, in-8 br.   10 fr.

Un des 15 exemplaires tirés sur papier de Hollande, n° 4.

3866. **Mémoires** et correspondance du roi Jérôme et de la reine Catherine. Paris, Dentu, 1861, 7 vol. in-8, demi-percal., n. rog.   25 fr.

Portraits.

3867. **Mémoires** tirés des papiers d'un homme d'Etat sur les causes secrètes qui ont déterminé la politique des cabinets dans la guerre de la Révolution, depuis 1792 jusqu'en 1815. Paris, Ponthier, 1828, 12 vol. in-8, demi-rel. veau.   25 fr.

3868. **Mémoires**. La vie et les mémoires du général Dumouriez, avec des notes et des éclaircissements historiques, par MM. Berville et Barrière. Paris, Baudouin, 1822, 4 vol. in-8, demi-veau fauve, tr. marb.   20 fr.

Portrait et une figure de Horace Vernet sur Chine, collé. Bel exemplaire.

3869. **Mémoires** du duc de Raguse, de 1792 à 1832, imprimés sur le manuscrit original de l'auteur. Paris, Perrotin, 1857, 9 vol. in-8, demi-rel. veau vert.   30 fr.

Portraits et quatre fac-simile d'autographe.

3870. **Mémoires** du duc de Rovigo, pour servir à l'histoire de l'empereur Napoléon. Paris, Bossange, 1828, 8 vol. in-8, demi-rel.   35 fr.

3871. **Menestrier**. La nouvelle méthode raisonnée du blason pour l'apprendre d'une manière aisée. Lyon, Bruyset, 1734, in-12, veau marb.   6 fr.

Nombreuses planches de blasons.

3872. **Mérimée** (Prosper). Peintures de l'église Saint-Savin. Paris, 1845, in-fol., demi-mar. rouge,   60 fr.

43 planches dont plusieurs sont coloriées.

3873. **Merval** (de). Catalogue et Armorial des présidents, conseillers, gens du Roi et gre fiers du Parlement de Rouen, dressés sur les documents authentiques. Evreux, Hérissey, 1867, in-4, demi-mar. rouge avec coins, tête dor., n. rog., fig.   20 fr.

3874. **Méténier** (Oscar). Demi-castors.

Achat de Bibliothèques

Paris, Charpentier, 1894, in-8 br.
7 fr.

Exemplaire sur papier de Hollande.

3875. Meyer (Ed.). Histoire de la ville de Vernon et de son ancienne chatellenie. Aux Andelys, 1877, 2 vol. gr. in 8 br. 12 fr.

Nombreuses figures.

3876. Michelena y Rojas. Exploracion oficial por la primera vez des de el morte de la America del sur Bruselas. Lacroix, 1867, fort vol. in-8 br. de 684 pp. 3 fr.

Texte espagnol.

3877. Ministère des Travaux publics. Album de statistique graphique de 1882 et 1884. Paris, Imp. Nationale, 2 vol. in-4, cart. 5 fr.

Nombreuses cartes en couleur.

3878. Ministère de l'Intérieur. Album de statistique graphique du service vicinal. Paris, 1882-1883, 2 vol. in-4 obl., cart. 5 fr.

Nombreuses cartes en couleur.

3879. Mirabaud. Système de la Nature ou des Loix du monde physique et du monde moral par M. Mirabaud, Secrétaire perpétuel et l'un des quarante de l'Académie Françoise (par le Baron de Holbach). Londres, 1770, 2 vol. in-8 ; mar. vert olive, dos orn., fil., tr. dor., tr. dor. (Rel. anc.). 45 fr.

Très bel exemplaire, de la Bibliothèque de M. Lebarbier de Tinan.

3880. Molènes (Paul de). Histoires et Récits militaires. Paris, Jouaust, 1885, in-12 br. 4 fr.

Eau-forte par Armand-Dumaresq. Exemplaire sur papier de Hollande.

3881. Mollien. Mémoires d'un ministre du Trésor public, 1780-1815. Paris, Imp. de H. Fournier, 1845, 4 vol. in-8, demi-rel. veau fauve. 80 fr.

Très rare.

3882. Moniteur Universel de 1789 à décembre 1847, 117 vol. in-fol. Tables de 1787 à 1847. Ens. 125 vol. demi-rel. chag. rouge. 700 fr.

Très bel exemplaire.

3883. Monselet (Charles). Les amours du temps passé. Paris, Lévy, 1875, in-12, cart. toile. 5 fr.

3884. Montagne (Ed.). La Feuille à l'envers. Paris, Monnier, 1885, gr. in-8 demi-mar. viol. avec coins,

tête dor., n. rog., dos orné, couv. (Bretault). 8 fr.

Illustrations de Gorguet et Fau.

3885. Montaiglon (An. de). Le Chant de mort du Chêne, souvenir des côtes de Vendée. Paris, 1865, broch. gr. in-8. 3 fr.

3886. Montfaucon de Rogles. Traité d'équilation. Paris, Imp. Royale, 1778, in-4 veau. 10 fr.

9 planches.

3887. Morel (Léon). La Provence illustrée, ou précis de l'histoire de Provence depuis l'occupation romaine jusqu'à nos jours. Carpentras, Imp. Devillario, 1843, 2 vol. gr. in-8 cart., n. rog. 10 fr.

Nombreuses planches en lithographie.

3888. Morel de Vindé. Primerose. Paris, Leclerc, 1863, in-12, demi-rel. mar. vert avec coins, tête dor., non rog. 20 fr.

Exemplaire en grand papier, tiré à 100 exemplaires, figures de Lefèvre.

3889. Moréri (Louis). Le grand dictionnaire historique ou le mélange curieux de l'histoire sacrée et profane qui contient en abrégé l'histoire fabuleuse des Dieux et des héros de l'antiquité païenne, etc. Paris, 1759, 10 vol. in-fol., veau marb. 75 fr.

Bon exemplaire.

3890. Morin. Instruction facile pour connoistre toutes sortes d'orangers et citronniers ; qui enseigne aussi la manière de les cultiver, semer, planter, greffer, etc. A Paris, chez Ch. de Sercy, 1680, pet. in-12 mar. vert janséniste, tr. dor. (Belz-Niedrée). 25 fr.

3891. Muller (Alex.). L'Art de combattre à cheval contre toute espèce d'arme blanche. Paris, 1828, in-4 br. 10 fr.

L'Atlas seul, contenant 54 figures représentées en 44 planches.

3892. Muntingu (Abrahami). Phyto graphia curiosa exhibens, arborum fruticam, etc. Icones, collegit et adjecit Franc. Kiggelaer. Amsterdam, 1713, in-fol. veau. 25 fr.

Ouvrage contenant 245 planches de botanique.

3893. Murphy. Voyage en Portugal, dans les années 1789 et 1790, trad. de l'anglais (par Lallemant). Paris, 1797, 2 vol. in-8, fig., demi-rel., dos et coins de mar. r., non rognés. (Petit). 10 fr.

Exemplaire en papier vélin fort.

Et de Livres anciens et modernes

3894. Musset (A. de). La Mouche. Paris, Ferroud, 1892, in-8 br. 80 fr.

Un des 200 exemplaires sur grand vélin d'Arches (n° 122), contenant 30 compositions par A. Lalauze.

3895. My cousin's account or the frigging countess and zaïres repository. 3 parties en 1 vol. in-12 br. 18 fr.

3896. Mysteries (the) of verbena house, or miss bellasis birched for thieving. London, privately Printed, 1882, 2 vol. in-12 br. 35 fr.

3896 bis. Nadaillac (Mis de). Mœurs et monuments des peuples préhistoriques. Paris, Masson, 1888, gr. in-8, fig., br. 3 fr.

3897. Nadaud (G.). Recueil de chansons. Paris, Garnier, 1849, in-12 br. couv. 10 fr.

Très rare.

3898. Nadaud. Histoire des classes ouvrières en Angleterre. Paris, Lachaud, 1872, in-8 br. 3 fr.

3899. Narjoux (Félix). Les Ecoles publiques, construction et installation en Belgique, en Hollande, en Suisse, en France et en Angleterre. Paris, Morel, 1878-79, 3 vol. gr. in-8 br. 10 fr.

Figures dans le texte.

3900. Nérair et **Melhoé.** Conte ou histoire, ouvrage orné de digressions. Imprimé à ****, se vend à ****, l'an de l'âge de l'auteur, 60, 2 vol. in-12 veau, fil., tr. rouge. 7 fr.

Cet ouvrage est de Henri-Barth. de Blanes, officier de cavalerie, né en Auvergne en 1707 et mort en 1754.

3901. Nodier (Charles). Description raisonnée d'une jolie collection de livres nouveaux, mélanges tirés d'une petite bibliothèque. Paris, Techener, 1844, gr. in-8, demi-chag. vert avec coins, fil., dos orné. (Capé). 55 fr.

Bel exemplaire sur grand papier avec la table des auteurs et la liste des prix d'adjudication imprimée.

3902. Nodier (Ch.). Description raisonnée d'une jolie collection de livres. Paris, Techener, 1844, in-8, percal., tête jasp., n. rog. 10 fr.

Avec la table des prix.

3003. Noël (Eug.). Rabelais et son œuvre, étude historique et littéraire. Paris, Jouaust, 1870, in-8, demi-mar. lavall., tr. jasp. 4 fr.

Portrait gravé à l'eau-forte par Gilbert.

3904. Noël (Eug.). La vie des fleurs.

Précédée d'une préface par P.-J. Stahl. Paris, Hetzel, s. d., gr. in-8, demi-mar. vert avec coins, n. rog. 16 fr.

Vignettes par Yan' Dargent.

3905. Noël Bourguignon de Gui Bazôrai (Bern. de La Monnoye), quatreime édition, dont le contenun et an fransoi aipré ce feuillai. Ai Dioni, ché Albran Lyron de Modene, 1720, in-8, demi-veau, n. rog. 12 fr.

Il existe jusqu'à 9 éditions différentes de ces Noëls bourguignons portant également sur le titre 4e édition. Celle-ci d'après Ch. Nodier, serait la 1re édition, qui contient 420 pp. y compris l'errata.

Exemplaire en grand papier auquel on a ajouté 36 pp. de musique qui ne doivent pas se trouver dans cette édition.

3906. Noel du Fail. Contes et discours d'Eutrapel. Avec une notice, des notes et un glossaire par C. Hippeau. Paris, Jouaust, 1875, 2 vol. in-8 br. 12 fr.

3907. Nogaret. Le fond du sac ou restant des babioles de M. X***, membre éveillé de l'Académie des dormants. A Venise, chez Pantalon-Phébus, 1780, 2 vol. rel. en un seul, in-18, mar. rouge, fil., dent. int., tr. dor, dos orné. 30 fr.

Portrait et nombreuses gravures à mi-page.

3908. Nolte (Frédérick). L'Europe militaire et diplomatique au XIXe siècle, 1815-1884. Paris, Plon, 1884, 4 vol. in-8 br. 12 fr.

3909. Norden (F. L.). Voyage d'Egypte et de Nubie, nouvelle édition avec des notes et des additions tirées des auteurs anciens et modernes et des géographes arabes par Langlès. Paris, Didot, 1795, 3 tomes en 2 vol. in-fol. demi-rel. veau, n. rog. 50 fr.

Exemplaire en grand papier vélin. 168 planches.

3910. Noriac (G.). Dictionnaire des amoureux, 2e édition. Paris, M. Lévy, in-12, demi-chag. grenat, tr. jasp. 3 fr.

3911. Normandy (le Mis de). Une année de Révolution, d'après un journal tenu à Paris en 1848. Paris, Plon, 1858, 2 vol. in-8 br. 5 fr.

3912. Norstrom (Dr G.). Traité théorique et pratique du massage. Paris, Lecrosnier, 1891, in-8 br. 4 fr.

3913. Notice sur l'hôtel de Cluny et sur le palais des Thermes avec des notes sur la culture des arts principalement dans les xve et xvie siècles.

Achat de Bibliothèques

Paris, Didot, 1834, in-8, demi-chag. avec coins, tr. jasp. 3 fr.

3914. Nouveau Testament de notre Seigneur Jésus-Christ, traduit en françois par M. Le Maistre de Sacy. Paris, Gay, Ponce, an xiii, 2 vol. in-4, demi-chag. viol. avec coins, tête jasp., n. rog. 25 fr.

84 figures d'après les dessins de MM. Marillier et Monsiau.
Exemplaire en grand papier avec les figures avant la lettre.

3915. Nouvelle élite des poésies héroïques et gaillardes de ce temps, augmentées de plusieurs manuscrits non encore vûs. A Utrecht, chez G. de Backer, 1737, in-12, veau, dos orné, dent. int. 8 fr.

Il y a un feuillet manuscrit.

3916. Numery tales or cruising under false colours a tale of love and lust. London, printed for the booksellers, 3 vol. in-12 br. 50 fr.

3917. Nuova Raccolta cinquanta motivi Pittoreschi e costumi di Roma, incisi all' Acqua forte da Bartolomeo Pinelli Romano. In Roma, 1810, pet. in-4 veau. 20 fr.

Recueil très intéressant contenant 50 planches.

3918. Obédénare (G.). La Roumanie économique, d'après les données les plus récentes. Paris, Leroux, 1876, in-8 br. 5 fr.

Publié à 10 francs.

3919. Ode sur la Convalescence de Mme La Prª Pª D. N*** (Nicolaï). Paris, 1769, broch. in-8 de 9 pp. 5 fr.

Frontispice et cul-de-lampe non signés.

3920. Odillon Barrot. Mémoires posthumes. Paris, Charpentier, 1875, 4 vol. in-8 br. 10 fr.

3921. O'Donnelly. Méthode de musique élémentaire, contenant une exposition claire de la théorie et la base de la pratique Paris, Legoux, 1856, in-8 br. 3 fr.

3922. Offices de l'Eglise, en latin et en françois, contenant l'office de la Vierge pour toute l'année, l'office des dimanches et des fêtes, etc. Paris, Vve de Hansy, 1723, in-8, fig., mar. lavall. dent., doublé de tabis, dos orné. tr. dor. (Rel. anc.). 40 fr.

3923. Ohnet (G.). Serge Panine. Paris, Ollendorff, 1890, in-8 br. 10 fr.

10 eaux-fortes de A. Lalauze.

3924. O'Neddy (Pilothée). Œuvres en prose, romans et contes, critiques théâtrales, lettres. Paris, Charpentier, 1878, pet. in-8, demi-mar. bleu avec coins, tête dor., n. rog., couv., 8 fr.

L'un des 30 exempl. sur papier de Hollande.

3925. Oppert (J.). Expédition scientifique en Mésopotamie exécutée par ordre du gouvernement de 1851 à 1854, par MM. Fulgence Fresnel, Félix Thomas et Jules Oppert. Paris, imprimerie Impériale, 1859-1863, 2 tomes en 1 vol. in-4 et Atlas in-fol. de pl., demi-rel. mar. La Val., tête dor., non rog., pl. mont. sur onglets. (David). 70 fr.

21 planches montées sur onglets. Bel exemplaire.

3926. Opus Sadicum. A philosophical romance. Literally translated into English from the French original text (Holland, 1791). One volume 8vo (400 pages). 30 fr.

The original edition of the famoux « Justine or the misfortunes of Virtue, » by the Marquis of Sade, is a book in some manner unknown to readers of the present generation. The author disowned it, pretending, according to custom, that an unfaithful friend had robbed him of his manuscrit and had published only quite a shabby extract therefrom, unworthy of him whose energetic crayon had sketched the true « Justine ». He was strangely mistaken. This pretended extract is, on the contrary, the main work of the too celebrated monomaniac, and the running of it over again which he caused it to undergo afterwads completely spoiled it.

3927. Ordonnance provisoire sur l'exercice et les manœuvres de la cavalerie, rédigée par ordre du ministre de la guerre. Paris, Magimel, 1808, in-8, demi rel. vélin. 8 fr.

Volume de planches contenant 126 figures.

— Le même, 1815, 126 fig. 8 fr.

3928. Oriental. Lascivious Tales. Translated from the Moqut. Arabie, Japanese, Indian, Chinese, Persian, Malay, etc. London, 1891, in-8 br. 25 fr.

3929. Orléans (le duc d'). Campagnes de l'armée d'Afrique, 1835-1839. Paris, M. Lévy, 1870, in-8 br. 4 fr.

Portrait de l'auteur et une certe de l'Algérie.

3930. Ovide. P. Ouidy nasonis métamorphoséon libri xv Raphaelis regii volaterrani. In Venetiis apud N. Moretum, 1586, in-fol., fig. sur bois vélin blanc. 25 fr.

Et de Livres anciens et modernes

3931. Ozanne. Marine militaire ou recueil des différens vais eaux qui servent à la guerre suivis des maneuvres qui ont le plus de rapport au combat ainsi qu'à l'attaque et la défense des ports. Paris, l'auteur, s. d., pet. in-4, fig., veau fauve, fil., tr. dor., dos orne. **35 fr.**

50 planches finement gravées.

3932. Palladio. Les bâtiments et les dessins d'André Palladio, recueillis et illustrés par Octave Bertotti Scamozzi, en italien et en françois. Vicénce, 1776-83, 5 vol. gr. in-fol., veau. **100 fr.**

3933. Palustre (Léon). La Renaissance en France. Paris. Quantin, 1879-1885, 3 vol. in-fol. cart. **180 fr.**

Nombreuses gravures sous la direction d'Eugène Sadoux. Publié à 375 fr.

3934. Papper. Description exacte des isles de l'Archipel et de quelques autres adjacentes, dont les principales sont Chypre, Rhodes, Candie, Samos, Chio, etc. Traduction du flamand. Amsterdam, 1703, in-fol., veau fauve. **20 fr.**

Contes et figures.

3935. Paris (M⊃gr le C⊃te de). Histoire de la guerre civile en Amérique. Paris, Michel Lévy, 1874, 6 vol. in-8 br. et atlas in-fol. en feuilles contenant 30 planches. **40 fr.**

Envoi autographe de Monseigneur le C⊃te de Paris.

3936. Pariset (R. M.). Nouveau livre de principes de dessin, recülli (*sic*) des études des meilleurs Maîtres tant anciens que modernes, à Paris chez Surugue s. d., (vers 1770) in-fol. veau fauve ancien, tr. rouge. **25 fr.**

Titre-frontispice et 36 pl. On a ajouté à la fin : « L'Amour du dessin ». 7 pl. remontées. Bel exemplaire.

3937. Parnasse satyrique (Le) du sieur Théophile, suivi du nouveau Parnasse satyrique. Edition revue sur toutes les éditions du xvii⊃e siècle, corrigée et annotée. Paris, Poulet-Malassis, 1864, 2 vol. in-12 brochés. **45 fr.**

Frontispice de Rops.

3938. Pasquier et **Denis.** Plan topographique et raisonné de Paris. Paris, 1758, in-12 broché. **15 fr.**

Ce volume entièrement gravé, renferme 3 plans de Paris et des environs et 40 plans de quartiers. Il est orné de 12 jolis petits en tête ou culs-de-lampe représentant des vues de Paris.

3939. Peladan (Joseph). OEuvres. Paris, Dentu, 1889-1892, 6 vol. in-12, demi-rel. toile, n. rog. Chaque volume. **3 fr.**

La victoire du mari.
Cœur en peine.
Gynandre.
Androgyne.
Typhonia,
Le Panthée.

3940. Pellassy de l'Ousle. Histoire du Palais de Compiègne, chroniques du séjour des souverains dans ce palais, écrite d'après les ordres de l'Empereur. Paris, Imp. Impériale, 1862, in-4, demi-chag. rouge, tête éb., n. rog., planches. **30 fr.**

3941. Pène (H. de). Trop Belle. Paris, Ollendorff, 1886, in-12, rel. toile, n. rog., couv. **6 fr.**

L'un des 10 exemplaires sur papier de Hollande.

3942. Pernot (F. A.). Vues pittoresques de l'Ecosse. Avec un texte explicatif extrait en grande partie des ouvrages de sir Walter Scott par Am. Pichot. Paris, Ch. Gosselin, 1826, in-4, demi-chag., n. rog. **40 fr.**

Lithographies de Bonington, David, Diroi, Enfantin, Francia, etc.

3943. Perny (Paul). Dictionnaire français-latin-chinois de la langue mandarine parlée. Paris, Didot. 1869, in-4, demi-mar. citron, tête dor., n. rog., couv. **25 fr.**

3944. Perrault (Ch.). Le Cabinet des beaux-arts, ou Recueil d'estampes gravées d'après les tableaux d'un plafond où les beaux-arts sont représentés, avec l'explication en prose et en vers. Paris, Edelinck, 1690, in-4 obl., texte et pl. gravés, veau ancien. **25 fr.**

13 planches,

3945. Petitot et **Monmerqué.** Collection complète des mémoires relatifs à l'histoire de France depuis le règne de Philippe-Auguste, jusqu'à la paix de Paris, conclue en 1763. Paris, Foucault, 1819-29, 131 vol. in-8, demi-rel. **300 fr.**

1⊃re série, 52 vol. demi-rel. veau. 2⊃e série, 78 vol. demi-rel. chag. aux armes du roi Louis-Philippe.

3946. Pichon (le baron). Alger sous la domination française, son état présent et son avenir. Paris, 1833, in-8, demi-veau vert. **3 fr.**

3 cartes.

3947. Picturesque Europe the British Isles. London, Cassel et Company, s. d., 4 vol. in-4, perc., tr. dor. **45 fr.**

Achat de Bibliothèques

Figures sur acier dans le texte et hors texte.

3948. Pigault-Lebrun. Le Citateur. Bruxelles, Gay, 1879, pet. in-8 br. 8 fr.

Ce livre attaque d'une manière goguenarde, railleuse et licencieuse les légendes plus ou moins historiques de la Bible, des dogmes et le culte de la religion chrétienne. Imprimé en vert.

3949. Pinset et J. **d'Auriac.** Histoire du portrait en France, ouvrage conronné par la Société des études historiques, publié par les soins de la Société d'encouragement pour la propagation des livres d'art, Paris, au siège de la Société, 1884, pet. in-4 br. 12 fr.

Nombreux portraits dans le texte et hors texte.

3950. Piot (Eugène). Le Cabinet de l'amateur et de l'antiquaire ; revue des tableaux et des estampes anciennes, des objets d'art, d'antiquité et de curiosité (par Eugène Piot). Paris, au bureau du journal, 1842-1846, 4 vol. in-8, fig. dans le texte, pl. hors texte, demi-rel. mar. grenat avec coins, tête dor., ébarbé. 150 fr.

Exemplaire ayant au tome III la planche de Meissonnier : le Fumeur.

3951. Pfnor (R.). Monographie du château d'Anet construit par Philibert de l'Orme en 1548, dessinée, gravée ei accompagnée d'un texte historique et descriptif. Paris, 1867, in-fol. en portef. 70 fr.

57 planches.

3952. Platon. Œuvres, traduites par V. Cousin. Paris, Rey, 1846, 13 vol. in-8, demi-veau fauve avec coins. 85 fr.

Edition très estimée. Mouillures au tome 1er.

3953. Plumier. L'Art de tourner en perfection toutes sortes d'ouvrages de tour. Paris, 1749 iu-fol. veau. (Rel. fat.). 25 fr.

60 planches.

3954. Politique (Le) très-chrétien ou discours politiques sur les actions principales de la vie de feu monsieur l'éminentissime cardinal duc de Richelieu. Paris, 1645, pet. in-12 vél. 3 fr.

3955. Polybiblion. Revue bibliographique universelle, de 1869 à 1873, premier semestre. Paris, aux bureaux de la Revue, 7 vol. in-8, demi veau fauve. 25 fr.

3956. Pomet. Histoire générale des Drogues simples et composées, ouvrage enrichi de plus de quatre cents figures en taille-douce, par le sieur Pomet. Nouvelle édition. Paris, Ganeau, 1735, 2 vol. in-4, nombreuses planches, v. ant. granit. 25 fr.

3957. Pontas (Jean). Dictionnaire de cas de conscience, ou décisions des plus considérables difficultez touchant la morale et la discipline ecclésiastique, tirées de l'écriture, des conciles, des frères, des décrétales des papes et des plus célèbres théologiens et canonistes. Paris, Quillau, 1730, 3 vol. in-fol. veau. (Rel. fatiguée). 18 fr.

3958. Ponts-et-Chaussées. Direction des travaux de Paris. Service des eaux et des égouts. Suite du portefeuille. Paris, 1881, in-fol. cart. 10 fr.

37 planches.

3959. Portraits de Rakans, ou saints Bouddhistes, 5 vol. pet. in-fol. entre planchettes, gravures tirées en blanc sur fond bleu. 50 fr.

Ouvrage d'exécution chinoise. Les figures sont remarquables, et un grand nombre très bizarres aussi ; la conformation variée des crânes ce qui arrive toujours dans les représentations chinoises des saints Bouddhistes est digne d'attirer l'attention d'un phrénologue. Tous ces Rakans portent en chinois le titre de Tsouantcho. « Honorable », qui précède leur nom sanscrit transcrit en chinois. Le mot sanscrit Rakans s'applique aux 500 disciples immédiats de Sakyamouni. M. Satow donne tous leurs noms dans l'introduction de son guide.

3960. Poupard. Histoire de la ville de Sancerre. Paris, Berton, 1777, in-12 br., n. rog. 5 fr.

3961. Praun. Description du cabinet de M. de Praun à Nuremberg, par Christophe-Théophile de Mur. Nuremberg, 1797, in-8 cart. (7 planches). 4 fr.

Rare ; description générale des estampes, antiquités, pierres gravées, médailles, statues, bronzes et livres.

3962. Prevost (l'abbé). Histoire du chevalier des Grieux et de Manon Lescaut. Amsterdam, aux dépens de la Compagnie, 1756, 2 vol. in-12 veau. 5 fr.

Jolie petite édition.

3963. Prieur de La Peirrière. Le secrets des secrets ou le secret de faire rapporter aux terres beaucoup de grains avec peu de semence. — Moyen très facile de multiplier beaucoup et à peu de frais, par l'usage de la matière universelle, le froment, le seigle, etc. (par le même). Paris, (1698), 2 tomes en 1 vol pet. in-8, demi-mar. vert avec coins.   15 fr.

Pièces rares. — Sur la garde on lit une longue et intéressante note de M. A. Dinaux, auquel ce volume a appartenu.

3964. Procès-verbal des conférences sur la vérification des pouvoirs, tenues par MM. les Commissaires du Clergé. Paris, Baudouin, 1789, in-8, percal. rouge, n. rog.   2 fr.

3965. Puységur. Les Mémoires de messire J. de Chastenet, seigneur de Puységur, colonel du régiment de Piedmont. Paris, 1747. 2 vol. in-12, veau.   4 fr.

3966. Pyat (Félix). Les deux serruriers, drame en cinq actes. Paris, 1841, in-8 br., couv.   5 fr.

Edition originale.

3967. Pyrothecnie ou art du feu contenant dix livres auxquels est amplement traité de toutes sortes et diversité de minières, fusions et séparation des métaux ; des moules, etc. Composé en italien par Vanoccio Biringuccio ; et depuis traduite en français par J. Vincent. A Rouen, chez J. Caillouë, 1627, pet. in 4, vélin blanc.   30 fr.

Figures sur bois.

3968. Quatre (Les) saisons ou les géorgiques françoises, poème par M. le Cte de B. A Londres, 1764, in-8, veau marb., fil., tr. dor.   15 fr.

4 fig. gravées par Eisen.

3960. Rabaut. Précis historique de la Révolution française, par Rabaut de Saint-Etienne et Lacretelle. Paris, 1792-1804, 4 vol. in-18, fig. de Moreau et Duplessis-Bertaux, mar. r., dos orné, fil., tr. dor. (Rel. anc.).   30 fr.

Assemblée législative, 1 vol. — Convention Nationale, 2 vol. — Assemblée Constituante, 1 vol. A la suite du premier volume se trouve relié : La Constitution française ; Déclaration des droits de l'homme et du citoyen.

3970. Rabelais. Les Œuvres de M. François Rabelais, contenant cinq livres de la vie, faits et dits héroïques de Gargantua et de son fils Pantagruel. Lyon, Jean Martin, s. d., in-12, mar. r., dos orné, fil. et comp. à la Du Seuil, dent. int., tr. dor. (Allô).   60 fr.

Edition bien imprimée, composée de 347 pp. et 7 pp. non ch. pour les livres I et II ; 469 pp. et 9 pp. pour les livres III et IV ; et 166 pp. et 16 ff. non ch. pour le livre V, ce dernier daté de 1608.

3971. Racine (J.) Œuvres. Nouvelle édition revue sur les plus anciennes impressions et les autographes par Paul Mesnard. Paris, Hachette, 1865-1873, 8 vol. in-8. Musique et album, 2 vol. Ens. 10 vol. in-8, br.   45 fr.

De la collection des Grands Ecrivains.

3972. Racinet (A.). L'Ornement polychrome : 100 planch. en couleurs or et argent, contenant environ 2,000 motifs de tous les styles, art ancien et asiatique, moyen-âge, renaissance, xviie et xviiie siècles, avec des Notices explicatives et une introduction générale. 1re édition. Paris, 1869, in-fol., en portefeuille.   85 fr.

3973. Raffles et John **Crawfurd**. Description géographique, historique et commerciale de Java et des autres îles de l'archipel Indien. Bruxelles, 1824, in-4, demi-chag. vert avec coins.   20 fr.

Nombreuses planches et cartes.

3794. Raguenet. Histoire d'Olivier Cromwel. Paris, Claude Barbin, 1791, in-4, veau.   10 fr.

Très-beau portrait. Armoiries sur les plats.

3975. Raphael. Sacrae historiae actâ a Raphaele Urbin, in Vaticanis Xystis ad picturae miraculum expressa. A. Nic Chapron, Gallo et a se delineata et incisa. Romae, 1649, in-fol. obl.   25 fr.

Ce recueil contient 52 pièces plus le buste de Raphael servant de frontispice et titre. Raccommodage au buste et à la planche 52,

3976. Raynouard. Histoire du droit municipal en France sous la domination Romaine et sous les trois dynasties. Paris, 1829, 2 vol. in-8, br.   3 fr.

3977. Raynouard. Histoire du droit municipal en France. Paris, Santelet 1829, 2 vol. in-8, br.   4 fr.

3978. Real museo Borbonico Napoli Dalla stamperia Reale 1824-57. 16 vol. in-4, mar. vert, tête dor. non rog.   225 fr.

Bel exemplaire avec les figures noires et coloriées.

3979. Rechberg et **Depping.** Les peuples de la Russie ou description des mœurs, usages et coutumes des diverses nations de l'empire de Russie. Paris, Imp. de D. Colas (Treuttel et Wurtz), 1812, 2 vol. in-fol., pl. en couleurs, demi-rel. mar. gren. avec coins, dos orné, fil., tr. marb.   160 fr.

96 planches en couleur.

Achat de Bibliothèques

3980. Reclus (Elisée). Nouvelle Géographie universelle, la terre et les hommes. Paris, Hachette, 1876-1885, 10 vol. gr. in-8, demi-rel. chag. rouge, tr. peigne.   125 fr.

3981. Recueil d'Estampes d'après les plus célèbres tableaux de la Galerie royale de Dresde. Dresde, 1753-1757-1874, 3 vol. in-fol., mar. rouge, dos orné, fil., tr. rouge, (Rel. anc.)   450 fr.

> Les deux premiers volumes sont ornés de 2 grands portraits, de 100 planches (dont une à 2 sujets) et de 2 vues de la galerie. Le 3°, publié récemment comprend un portrait et 50 planches.

3982. Recueil des Opuscules posthumes de M. Lormeau de la Croix, dédié à son père, par son frère aîné. Paris, Impr. de Monsieur, 1787. in-12 demi-mar. laval. avec coins, tête dor., n. rog.   3 fr. 50

3983. Recueil des plus beaux vers de messieurs Malherbe, Racan, Maynard, Bois-Robert, Monfuron, Lingendes, Touvani, Motin de Lestoille. Paris, Pierre Mettayer, 1638, in-8 veau fauve, fil., tr. dor.   6 fr.

3984. Recueil de quelques pièces nouvelles et galantes... Cologne, Pierre Marteau, 1664, pet in-12, mar. r. dos orné, fil. (Trautz-Bauzonnet).   75 fr.

> Joli exemplaire, relié sur brochure, d'un petit livre recherché pour la collection elzevirienne.

3985. Recueil de 70 belles photographies de Baldus, sur les sites et les vues les plus remarquables que le chemin de fer de Paris-Lyon-Méditerranée traverse sur son parcours. In-fol. oblong, demi-mar. vert avec coins, pl. toile.   40 fr.

> Très belles vues splendidement photographiées et montées sur onglets.

3986. Regnard. Voyage de Laponie, précédé d'une notice par Aug. Lepage. Paris, Jouaust, 1875, in-12 br.   1 fr.

3987. Regnard. Œuvres de Regnard, nouv. édit. A Paris, chez Maradan, 1790, 4 vol. gr. in-8, pap. de Hollande, cart., non rog.   50 fr.

> 1 portrait non signé et 12 figures dont 9 par Borel.

3988. Regnault (Antoine). Discours du Voyage d'Outre Mer au Saint-Sepulcre de Jerusalem, et autres lieux de la terre Saincte. Avec plusieurs traictez dont le Catalogue est en la page 265, par Anthoine Regnault, bourgeois de Paris. Imprimé à Lyon aux despens de l'Autheur,
1573. Avec privilège du Roy. On les vend à Paris aux Faulxbourgs sainct Jacques a l'enseigne de la Croix de Hierusalem, in-4, fig., mar. bleu, doublé de tabis, dos orné, tr. dor.   120 fr.

> Superbe et rare volume orné de cartes et de 91 figures sur bois de différents styles, et dont une grande partie sont l'œuvre du Petit Bernard.
> Suivant une note du Catalogue Yémeniz, ces gravures seraient tirées de la Bible avec huitains français de Guéroult, publiée par Guillaume Roville et ornée de figures attribuées à Jean Moni.

3989. Relation du voyage de Sa Majesté Britannique en Hollande et de la réception qui luy a été faite, enrichie de planches très curieuses. A La Haye, chez Arnout Leers, 1692, in-fol., mar. lavallière, fil. à la Du Seuil, dos orné, dent. int., tr. dor. (Lortic).   180 fr.

> Bel exemplaire contenant frontispice, portrait et 14 planches gravées.

3990. Relation des îles Pelew, situées dans la partie occidentale de l'océan Pacifique, composée sur les journaux et les communications du capitaine Henri Wilson, trad. de l'anglais de George Keate. A Paris, 1788, in-4, v. granit, dos orné, fil., tr. dor.   20 fr.

> Portraits et figures.

3991. Renan (E.) Histoire du peuple d'Israël. Paris, Calmann-Lévy, 1893, 5 vol. in-8, br.   22 fr.

3992. Rendu (Amb.) Code Perrin ou dictionnaire des constructions et de la contiguité, législation complète des servitudes et du voisinage. Paris, Marchal, 1868, in-8 br.   5 fr.

3993. Réponse à un écrit anonyme (de Gibert) intitulé : mémoire sur les rangs et les honneurs de la cour (ou mémoire de M. de Soubise par l'abbé Georgel. Paris, 1771, in-8 veau (aux armes de Béthisy Lorraine)   5 fr.

3994. Restif-de-La-Bretonne). Les Nouveaux Mémoires d'un homme-de-qualité. La Haye et Paris, 1774, 2 part. en 1 vol. in-12, veau, fil. 10 fr.

> Aux armes du maréchal de Luxembourg.

3995. Réveil. Musée de peinture et de sculpture ou recueil des principaux tableaux, statues et bas-reliefs des collections publiques et particulières de l'Europe. Avec des notices descriptives, critiques et historiques, par Duchesne, aîné. Paris, Andot, 1828, 14 vol. pet. in-8, demi-mar.

Et de Livres anciens et modernes

rouge. Texte anglais et français.
120 fr.

1026 figures au trait. On y a joint : Les Loges du Vatican, sujets peints à fresques par Raphael, 51 pl. gravées à l'eau-forte sur acier, 1 vol. demi-mar. rouge. — Les amours de Psyché d'après Raphael, 36 gravures sur acier par Réveil, 1 vol. demi-mar. rouge. — Ensemble 16 vol.

3996. **Revue des Deux-Mondes**, années 1846-1892, reliés en 262 vol. in-8, demi-veau fauve, dos orné.
700 fr.

Très bel exemplaire dans une reliure très fraîche.

3997. **Richard** (Jules). En Campagne. Paris, Boussod et Valadon, 1ère et 2e série, 2 vol. in-fol. en feuilles dans 2 cartons.
50 fr.

Tableaux et dessins de Meissonnier, Ed. Detaille, A. de Neuville, Bellangé, etc,. etc.

3998. **Richepin** (J.) La Mer. Paris, Dreyfous, 1886, in-4, cuir japonais, non rog. couv.
200 fr.

10 dessins originaux de G. A. Vanteyne. Exemplaire sur papier vélin, avec envoi de l'auteur. Jolie reliure moderne symbolique, avec des gardes de fin papier Japon ancien, montrant, filant à travers des ombres finement aquarellées, des bandes de harengs jetés en esquisse.

3999. **Richepin** (Jean). La chanson des Gueux. Paris, Charpentier, 1891, in-12 br.
20 fr.

L'un des exemplaires tirés sur papier de Hollande.

4000. **Richer**. L'Ovide bouffon, ou les métamorphoses travesties en vers burlesques. Paris. Est. Loyson, 1662, in-12, veau fil., tr. dor.
6 fr.

Frontispice gravé.

4001. **Riencourt** (Cte de) Les militaires blessés et invalides, leur histoire, leur situation en France et à l'étranger. Paris, 1876, 2 xol. in-8, br.
4 fr.

4002. **Rivière** (A.). Rabelaesiana. Paris, Marpon, 1855, in-8, demi-mar. rouge avec coins, tête dor., n. rog., texte encadré.
7 fr.

4003. **Roberts** (Emma). Vues pittoresques de l'Inde de la Chine et des bords de la mer Rouge, dessinées sur les esquisses originales du commodore Robert Elliot, Londres, Fischer, 1839, in-4 percal., tr. dor. 12 fa.

Très jolies figures sur acier.

4084. **Rochefort** (César) Histoire naturelle et morale des Iles Antilles de l'Amérique. Enrichie de plusieurs belles figures des raretez les plus considérables qui y sont d'écrites. Avec un vocabulaire Caraïbe. A Roterdam, chez Arn. Leers, 1658, 2 vol. in-4, vélin.
30 fr.

Figures dans le texte. Piqûres de vers.

4005. **Romance** of my Alcov (The). Galant confessions of a woman of the world. Athens, 1889, printed by the erotika biblion society for privrte distribution ohn in-8 cart.
25 fr.

Two hundred and fifty copies only (all on the same paper) of his volume pave been printed by the Erotika biblion society for theirs members. Forme le tome 5 de la collection.

4006. **Romans** des douze Pairs de France, publiés par M. Paulin Paris. Paris, Techener, 1833-1848, 12 vol. in-8, mar. rouge, dos orné, fil., dent. int., tr. dor. (Koehler).
200 fr.

Collection tirée à un petit nombre d'exemplaires ; — Li Romans de Berte aus grans pies. — Li Romans de Garin le Loherain, 2 vol. — Li Romans de Parise la Duchesse. — Li Romans de Raoul de Cambrai et de Bernier. — La chanson des Saxons, 2 vol. — La Chevalerie Ogier de Donemarche, 2 vol. — Le Romancero françois. — La chanson d'Antioche, 2 vol. Exemplaire sur papier de Hollande.

4007. **Rondelet** (Ant.) Du spiritualisme en économie politique. Paris, Didier, 1852, in-8 br.
4 fr.

4008. **Rossignol**. Histoire de la Bourgogne pendant la période monarchique. Conquête de la Bourgogne après la mort de Charles-le-Téméraire, 1476-1483. Dijon, Lamarche, 1853, in-8 br.
4 fr.

4009. **Rosland** (Eug.) Une visite à quelques institutions de prévoyance en Italie. Paris, Guillaumin, 1891, in-8 br.
3 fr.

4010. **Roswag**. Le métaux précieux considérés au point de vue économique. Paris, 1845, in-4, br. 10 fr.

Ex. papier de hollande, orné de 28 gravures dans le texte de 16 planches coloriées et d'une carte de la production de la circulation et de l'absorption des métaux précieux.

4011. **Roubaud** (L'abbé). Histoire générale de l'Asie, de l'Afrique et de l'Amérique. Paris, 1770, 5 vol. in-4, veau écaille, fil., tr. marb., cartes
25 fr.

Bel exemplaire.

4012. **Routh** (R. P. B.) Recherches sur la manière d'inhumer des anciens à l'occasion des tombeaux de Civaux en Poitou. A Poitiers. chez J. Faulcon, 1738, in-8, veau fauve, tr. rouges.   8 fr.

4013. Ruffi (Antoine de). Histoire de la ville de Marseille, contenant tout ce qui s'est passé de plus mémorable depuis la fondation, durant le temps qu'elle a esté République, et soubs la domination des Romains, Bourguignons, etc. Marseille, Cl. Garcin, 1643, in-fol. vélin.   15 fr.

Exemplaire fatigué.

4814. Ruggieri (Claude). Précis historique sur les fêtes, les spectacles et les réjouissances publiques. Paris, 1830, in 8, demi-toile lavallière. 5 fr.

Très rare.

4015. Rüstow (W.) L'art militaire au XIX° siècle. Stratégie. — Histoire militaire. Traduit de l'Allemand sur la 3e édition (1878) par le général Savin de Larclause. Paris, Drumaire, 1882, 2 vol. in-8, br.   5 fr.

4016. Rutebeuf. Œuvres complètes de Rutebeuf, trouvère du XIII° siècle recueillies et mises au jour pour la première fois par Ach. Jubinal. Paris, 1839, 2 vol. in-8 br.   8 fr.

4017. Saint-Albin et A. **Durantin.** Palais de Saint-Cloud, résidence impériale. Paris, Librairie centrale, 1864, in-8, demi-percal., tête jasp., n. rog., couv. plan.   3 fr.

4018. Saint-Allais. Annuaire historique, généalogique et héraldique de l'ancienne noblesse de France (année 1836). Paris, 1835, in-8 br.   4 fr.

4019. Saint-Simon. Mémoires, nouvelle édition augmentée des additions de Saint-Simon au journal de Dangeau et de notes et appendices par A. de Boislisle. Parts, Hachette. 1886 à 1890, 18 vol. in 8 br.   80 fr.

De la collection des Grands Ecrivains.

4020. Sarasin. Les Œuvres. Contenant les traitez suivans : La Conspiration de Valstein, contre l'Empereur. — S'il faut qu'un jeune homme soit amoureux. — La vie de Pomponius Atticus. — La pompe funèbre de Voiture. — Histoire du siège de Dunkerque. — Opinions du nom et du jeu des Echets, etc. Paris, Sébastien Cramoisy, 1696, in-12 veau fauve fil., tr. dor., dos orné. (Niedrée). 15 fr.

Frontispice. Bel exemplaire.

4021. Satyre menippée de la vertu du Catolicon d'Espagne ; et de la tenue des estats de Paris. A laquelle est adjouté un discours sur l'interprétation du mot de Higuiero d'Infierno, et qui en est l'autheur. Avec des remarques et explications des endroits difficiles. Ratisbonne, Kerner, (Bruxelles Foppens), 1664, in-12 mar. vert, dos orné, fil., tr. dor., (rel. anc.)   25 fr.

Bel exemplaire avec les 2 figures des Charlatans et celle de la Procession de la Ligue.

4022. Saunier (G.) L'Art de la cavalerie, ou la manière de devenir bon écuyer par les règles aisées et propres à dresser les chevaux à tous les usages. Amsterdam et Berlin, Neaulme, 1756, in-fol. demi-rel. veau 35 fr.

27 planches.

4023. Savary. Grammaire de la langue Arabe vulgaire et littérale : Ouvrage posthume, augmenté de quelques contes Arabes par l'éditeur. Paris, Imp. impériale, 1813, in-4, demi-veau gris.   12 fr.

4024. Savary de Lancosne Brèves (Le Cto). De l'Equitation et des Haras, Paris, Rigo, 1842, in-4, demi-rel.   20 fr.

Nombreux dessins de E. Giraud. Rel. fatiguée

4025. Saxe (Cte M. de). Mes Rêveries, ouvrage posthume augmenté d'une histoire de sa vie par l'abbé Perau. Amsterdam et Leipzig, 1757, 2 vol. in-4, veau fauve.   60 fr.

94 planches noires et coloriées.

4026. Schiller. Œuvres, traduction nouvelle par Ad. Regnier. Paris, Hachette, 1859, 8 vol. in-8, demi-mar. rouge avec coins, tête dor., n. rog.   125 fr.

L'un des 100 exemplaires numérotés sur grand papier vélin.

— Le même, br.   75 fr.

4207. Schmidt (J.-S.) Les Deux Miroirs. Contes pour tous. Paris, A. Royer, 1844, gr. in-8, demi-chag. vert, plats toile. tr. dor., (piqûres).   10 fr.

Illustrations dans le texte et hors texte par Gavarni, C. Nanteuil, Français, de Beaumont, etc.

4028. Schneider Louis. L'Empereur Guillaume, Souvenirs intimes, revus et annotés par l'Empereur sur le manuscrit original traduit de l'allemand par Ch. Rabany. Paris, Berger-Levrault, 1888, 3 vol. gr. in-8, br.   12 fr.

Publié à 24 francs.

Et de Livres anciens et modernes.

4029. **Schoonenbeek** (Ad.) Courte description des ordres des femmes et filles religieuses. Contenant une petite relation ne leur origine, de leur progrès, et de leur confirmation. Amsterdam, Desbordes, 1700, in-12, vélin blanc à recouvrements.   50 fr.

Titre et 90 figures gravées. Très rare.

4030. **Siailles** (Gabriel). Léonard de Vinci, l'artiste et le savant, essai de biographie psychologique . Paris, 1892, in-8, br.   5 fr.

4031. **Segoing** (Charles). Trésor héraldique, ou mercure armorial, où sont démonstrées toutes les choses nécessaires pour acquérir une parfaite connaissance de l'art de blazonner. Paris, 1657, in-fol., veau marb.   50 fr.

Blasons dans le texte.

4022. **Segrais.** Les nouvelles françaises ou les divertissemens de la princesse Aurélie. La Haye, Pierre Paupie, 1741, 2 vol. in-12, veau. 5 fr.

Nombreuses figures en taille-douce.

4033. **Sévigné.** Lettres inédites de Mme de Sévigné à Mme de Grignan sa fille publiées pour la première fois, annotées et précédés d'une introduction par Charles Capmas. Paris, Haéhette, 1876, 17 vol. in-8 et album br.   75 fr.

De la collection des Grands Ecrivains.

4034. **Silvestre** (A.). Un premier amant. Paris, Charpentier, 1889, in-12 br.   8 fr.

Edition originale. L'un des 15 exemplaires tirés sur papier de Hollande.

4035. **Silvestre** (A.) Les ailes d'or. Poésies nouvelles, 1878-1880, in-12 br.   8 fr.

Edition originale. L'un des 35 exemplaires tirés sur papier de Hollande.

4036. **Silvestre** (A.) L'Or des couchants. Paris, Charpentier, 1892, in-12 br., couv.   7 fr.

Exemplaire sur papier de Hollande.

4037. **Simler** (Josias). La République des Suisses, comprinse en deux livres, contenans le gouvernement de Suisse, l'estat public des treize cantons et de leurs confederez, en général et en particulier, leurs bailliages et juridictions, l'origine et les conditions de toutes leurs alliances, leurs batailles, victoires, conquestes, et autres gestes mémorables, depuis l'empereur Raoul de Habsbourg, jusqu'à Charles V. Paris, J. Du Puys, 1579 in-12, veau.   40 fr.

Avec le plan des villes des 13 cantons. Très-rare.

4038. **Sinistrari.** Demoniality, or Incubi and Succubi. A Treatise, wherein is show that there are in existence on earth rational creatures besides man, endowed like him with a body and a soul, that are born and die like him, redeemed by our Lord Jésus-Christ, and capable of receiving salvation or damnation. By the Rev. Father Sinistrari of Ameno (17th century) Published from the original Latin manuscript discovered in London in the year 1872 and translated into French by Isidore Liseux. Now first translated into English, with the Latin text, Paris, 1879, in-18.   10 fr.

4039 **Société d'aquarellistes français.** Ouvrage d'art publié avec le concours artistique de tous les sociétaires. Texte par les principaux critiques d'art. Paris, Launette et Goupil, 1883, 2 vol. in-fol. pl. et vignettes en 8 cartons. — **Grands peintres français et étrangers.** Ouvrage d'art publié avec le concours artistique des maîtres. Texte par les principaux critiques d'art. Paris, Launette et Goupil, 1884, 2 vol. in fol., pl. et vign. en 8 cartons. Ensemble 16 cartons.   700 fr.

L'un des 100 exemplaires sur papier du Japon
Très rare.

4040. **Société Rouannaise** de Bibliophiles. Rouen, 1876, pet. in-4, br.

1. Le Mercure de Gaillon avec introduction par Nic. Périaux. front.   20 fr.

2. Procès entre Nicolas Piédevent, curé de Forest et les moines de S. Wandrille avec introduction et notes par H. Canel.   8 fr.

3. Gomboust. Description des antiquités de la ville de Rouen.   8 fr.

4041. **Solleysel.** Le parfait mareschal qui enseigne à connoistre la beauté la bonté et les défauts des chevaux. Paris. P. Aubouyn, 1698, 2 part. en 1 vol. in-4, fig. veau.   20 fr.

4042. **Solms** (Mme Marie de). Fleurs d'Italie, poésies et légendes. Chambéry, 1859, in-8, demi-veau fauve, tr. jasp. port.   10 fr.

4043. **Solvyns** (B.) Les Hindous, ou Description de leurs mœurs, costumes et cérémonies, etc., dessinés d'après nature dans le Bengale et représentés en 292 planches avec le texte en français et en anglais. Paris, chez l'autheur. Imprimerie de Mame

Achat de Bibliothèques

frères, 1808-1812, 4 vol. in-fol. max., demi-rel. veau, non. rog.   250 fr.

Ouvrage curieux, figures coloriées.

4044. Sonnettes (Les) ou mémoires de monsieur le Marquis M*** auxquels on a joint l'histoire d'une comédienne qui a quitté le spectacle. Bruxelles, 1882, 2 part. en 1 vol. in-8, br.   4 fr.

2 frontispices sur chine gravés à l'eau-forte, tiré à 500 exemplaires numérotés à la presse.
Roman galant sur les débauches du maréchal duc de Richelieu. Publié à 10 fr.

4045. Sorbière. Relation d'un voyage en Angleterre où sont touchées plusieurs choses qui regardent l'estat des sciences et de la religion, et autres matières curieuses. A Cologne, chez P. Michel (à la Sphère), 1666, pet. in-12, chag. bleu, dos orné, fil., tr. dor.   12 fr.

Première édition elzeviriennes sous cette date.
Hauteur : 129 mill.

4046. Spanker (Colonel). Experimentale lecture by colonel Spanker on the exciting and voluptuos pleasures to be derived from aushing and humiliating the spirit of a beautiful and modest young lady ; as delivered by him in the assembly room of the society of aristocratié flagellants Mayfair. London, privately Printed, 1892, in-12 br.   18 fr.

4047. Spiers (A.) Dictionnaire général Anglais-Français et Français-Anglais, 22e édition. Paris. Baudry, 1872, 2 forts vol. in-8, br.   6 fr.

4048. Staël (Mme de). Considérations sur les principaux événemens de la Révolution françoise. Paris, 1818, 2 vol. in-8, cart., n. rog.   5 fr.

4049. Stapfer. Histoire et description des principales villes de l'Europe (Berne). Paris, Desenne, 1835, in-4, demi-percal.   5 fr.

4 vues tirées sur papier de Chine.

4050. Stourm (René). Cours de finances. Le budget, son histoire et son organisme. Paris, Guillaumin, 1889, in-8 br.   6 fr.

4051. Tableau (Le) des piperies des femmes mondaines, ou par plusieurs histoires se voyent les ruses et artifices dont elles se servent. A Paris, chez J. Denis, 1633, pet. in-12, mar. citron., fil., dent., tr. dor. (Derome).   80 fr.

4052. Tableaux historiques de la révolution française. Paris, Didot

l'aîné, 1783, 3 vol. in-fol., cart., n. rog.   125 fr.

Contenant 153 gravures dessinées par Duplessis-Bertaux, Fragonard, Girardet, Legouaz, et gravées à l'eau-forte par Duplessis-Bertaux.

4053. Talma (François). Réponse au mémoire de la Comédie française. Paris, Garnéry, an second de la liberté, plaq. in-8, demi-toile arg. avec coins non rog.   2 fr.

Très rare, quelques taches.

4054. Tarbé. La vie et les œuvres de Jean-Baptiste Pigalle, sculpteur. Paris, Renouard, 1859, in-8, br.   3 fr.

De la collection des « Poètes Champenois. »

4055. Tausserat (J.-B. E.) Chroniques de la Chatellenie de Lury, Vierzon et Bourges, 1878, gr. in-8 br.   8 fr.

20 lithographies.

4056. Tavernier (Ad.). L'Art du duel, préface par Aurélien Scholl. Paris, Marpon, 1885, gr. in-8 br., couv. ill.   10 fr.

Figures dans le texte et hors texte.

4057. Tencin (Mme de). Le Siège de Calais, Nouvelle historique. La Haye, J. Neaulme, 1739, 2 pact. en 1 vol. in-12 veau   5 fr.

4058. Tirence. Publii Terentii Afri Comœdiæ. Birminghumiæ, typis Joh. Baskerville, 1772. In-4, mar. rouge, fil., dos orné, tr. dor. (Rel. anc.)   40 fr.

Bel exemplaire.

4059. Texier (Edm.) Voyage pittoresque en Hollande et en Belgique. Paris, Morizet, 1857, gr. in-8, percal. tr. dor.   6 fr.

Illustrations de MM. Rouargue frères.

4060. Théâtre gailiard (Le), Edition revue et augmentée. Partout et nulle part, 1776-1880, 2 vol. in-8, br. 14 fr.

Edition tirée exclusivement pour les collectionneurs à 125 ex.

4061. Théâtre sacré (Le grand) du Brabant, contenant la description de toutes les églises, etc. Traduite du latin de Sauderus par Jacques Le Roy. La Haye, chez Gérard Bloch, 1734, 4 parties en 3 vol. in-folio, demi-veau gris.   140 fr.

Très bel exemplaire avec les figures coloriées,

4063. Theil (N.) Dictionnaire de biographie, mythologie, géographie, anciennes. Paris, Didot, 1865, in-8, demi-chag. viol., tr. jasp.   8 fr.

1,000 gravures d'après l'antique.

Et de Livres anciens et modernes

4063. The Pearl a journal of facetiae voluptuous reading. London, 1879, 3 vol. in-8 br.   125 fr.

4064. Theuriet (André). Au Paradis des Enfants Paris Ollendorff, 1887, in-12, demi-mar. gren. avec coins, tête dor., n. rog,   5 fr.

     Envoi autographe de l'auteur.

4065. Theuriet (A.). Les paysans de l'Argonne. Paris, Lemerre, 1870, in-8, br.   30 fr.

     Exemplaire sur Chine contenant 3 aquarelles originales par H. de Sta.

4066. Thiollet et H. **Roux** Nouveau recueil de menuiserie et de décorations intérieures et extérieures. Paris, Bance, 1837, in-fol. br.   8 fr.

     72 planches.

4067. Thiroux. Instruction théorique et pratique d'artillerie à l'usage des élèves de l'école militaire de Saint-Cyr. Paris, 1842, in-8 br.   3 fr.

     20 planches.

4068. Thornton Dr R. J. A new illustration of the sexual systems of Linnacus and the temple of Flora or garden of the botanist. London, 1807, in-fol., vcau.   130 fr.

     Temple de Flora contenant 31 planches coloriées.

4069. Til Ulespiègle. Les Aventures, première traduction complète. Paris, Picard, 1868, in-12, demi-cuir de Russie avec coins, tête dor.   3 fr.

4070. Tiré à cent exemplaires, Vers. Dessin de E. Froment. In-12 br.   5 fr.

     Sous ce titre « Tiré à cent exemplaires », on a réuni 19 charmants petits contes légers : Too short indeed. — Les touristes. — Le Savetier. — Le Le Corsaire. — Bohême. — Epicurienne. — La Boutique à 4 sous. — Réponse du berger à la bergère. — Hospitalité dangereuse. — A E. Froment. — A Mlle L. M. — Atavisme. — Paysage lyonnais. — Faits divers. — Rondeau de May. — Sens dessus dessous. — Axiome. — Dedicace de J. Soulary. — Vœux. — Ce charmant petit livre est un bijou typographique ; tous ces contes sont inédits.

4071. Tooke. Histoire de l'empire de Russie sous le règne de Catherine II et à la fin du dix-huitième siècle. Paris, de l'imprimerie Crapelet et chez Maradan, an X-1801. 6 vol. in-8, veau, fil. sur les plats, dos orné.   25 fr.

4072. Touchard - Lafosse. Histoire de Paris, composée sur un plan nou-

veau. Paris, Krabbe, 1883, 5 vol. in-8 demi-veau viol., tr. jasp.   10 fr.

     Nombreuses illustrations.

4073. Toudouze (Gust.). Le Pompon Vert. Paris, Testard, 1888, gr. in-8, demi-mar. vert avec coins, tête dor., n. rog., couv.   18 fr.

     Illustrations de G. Jeanniot.

4074. Traité et conventions conclus entre la France et les puissances alliées le 20 novembre 1815. Paris, Pillot, 1815, in-8 percal. rouge, n. rog.   3 fr.

4076. Traité général des chasses à courre et à tir. Paris, Andot, 1822, 2 vol. in-8 br.   12 fr

     36 planches.

4076. Travaux publics (Les) de la France. Par MM. les ingénieurs des ponts et chaussées : F. Lucas, Ed. Collignon, H. de Lagrené, Voisin Bey, E. Allard. Ouvrage publié sous les auspices du ministère des Travaux publics et sous la direction de M. Léonce Reynaud. Paris, Rotschild, 1876-1885, 5 vol. in-folio en feuilles.   250 fr.

     Ouvrage complet contenant : Routes et ponts : — Chemins de fer. — Rivières et canaux. — Ports de mer. — Phares et balises. 250 planches photographiées et 5 cartes en chromolithographie.

4077. Turgan. Les Grandes usines industrielles en France et à l'étranger. Paris, M. Leroy, 1870. les 9 premiers volumes demi-veau vert, tr. jasp.   20 fr.

     On a ajouté le tome 12 broché. Nombreuses illustrations.

4078. Tytler (W). Recherches historiques et critiques sur les principales preuves de l'accusation inventée contre Marie Stuart. Paris, Amyot, 1860, in-8 br.   3 fr.

4079. Ultimatum d'un citoyen du tiers-états au mémoire des princes, présenté au Roi, seconde édition, suivie du fin mot d'un Marseillais. S. l., 1789, in-8 percal. rouge, n. rog.   2 fr.

     Raccommodage au titre.

4080. Vacquerie (Aug.). Tragaldabas, édition illustrée de 54 compositions de Ed. Zier, gravées par F. Méaulle. Paris, G. Chamerot, 1886, pet in-4, demi-rel. mar. rouge avec coins, tête dor., n. rog., couv.   25 fr.

     Exemplaire de souscription sur papier vélin.

4081. Vaillant. Selencidarium imperinon sire historia regum syrić ad fidem numi-matum accommodota. Luteciœ. 1681, in-4 veau. 6 fr.

Nombreuses figures.

4082. Valenciennes (P. H.) Elémens de perspective pratique, à l'usage des artistes, suivis de réflexions et conseils à un élève sur la peinture et particulièrement sur le genre du paysage. Paris an VIII, in-4 veau rac. 10 fr.

Portrait par Moreau, gravé par Saint-Aubin, ajouté et remonté, et 36 planches.

4083. Vatet (Ch.) Histoire de Madame Du Barry d'après ses papiers personnels et les documents des archives publiques. Versailles, Brunard. 1883, 3 vol. in-12, demi-percal. n. rog. port. 12 fr.

4084. Vathek par Beckford. Londres Clarke, 1815, in-8, veau fauve. 4 fr.

Front. gravé sur cuivre. Livre très curieux et devenu très rare provenant de la bibliothèqoe. P. Lacraix.

4085. Vatout. Le château d'Eu, notices historiques, galerie des portraits tableaux et bustes. Paris, 1836, 5 vol. in-8 brochés. 9 fr.

4086. Vatout (J.) Histoire lithographiée du Palais-Royal, dédiée au roi. Paris. Motte, 1840, in-fol. demi-veau. 30 fr.

40 plrnches sur chine collé.

4087. Vaulabelle. Histoire des deux restaurations jusqu'à la chute de Charles X. Paris, Perrotin, 1847. 7 vol. in-8 demi-veau fauve dos orné tranéhe peigne. 28 fr.

4088. Veillées d'hiver par MM. A. Dumas, Ch. Nodier, M. Raymond, F. Soulié, Bibliophile Jacob etc. Paris, Charpentier, 1834, 4 vol. in-12, demi-veau fauve avcc coins. 20 fr.

4089. Véron (Dr L.). Mémoires d'un bourgeois de Paris, comprenant : la fin de l'empire, la restauration, la monarchie de Juillet et la république jusqu'au rétablissement de l'Empire. Paris, de Ganet, s. d. 6 vol. in-8 demi-rel. chag. rouge. 30 fr.

4090. Victoires, conquêtes, désastres, revers et guerres civiles des Français de 1792 à 1815. Paris. Panckoucke, 1818, 27 tomes en 14 vol. in-8 demi-veu. 40 fr.

Nombreuses figures

4091. Vidal (F.) De la répartition des richesses ou de la justice distributive en économie sociale. Paris, Capelle, 1846, in-8 br. 3 fr.

4092. Villeneuve. Lettres sur la Suisse accompagnées de vues dessinées par Villeneuve et lithographiés par Engelman. Paris, 1823-27. 2 parties réunies en 1 vol. in-fol. demi rel. 25 fr.

Le texte est de Raoul Rochette, 40 planches.

4093. Villette (Charles). Lettres choisies, sur les principaux événemens de la Révolution. A Paris, chez les marchands de nouveautés. Paris, 1792, in-8 rel. 3 fr.

4094. Villette. Histoire de Notre-Dame de Liesse. Lyon, F. Meunier, 1728. — Histoire de l'image miraculeuse de Notre-Dame de Liesse — Ensemble 1 vol. in-8 veau. 8 fr.

1 frantispice et 6 figures par Stella, gravées par Thomassin.

4095. Villiaumé (N.) Nouveau traité d'économie politique, Paris. Lacroix, 1864, 2 vol. in-8 br. 7 fr.

4096. Virgile. Les Géorgiques, traducduction nouvelle en vers françois, enrichies de notes et de figures par M. Delille. Paris, Bleuet, 1776, in-8 veau écaille, fil. tr. dor. 15 fr.

Bel exemplaire sur papier de Hollande contenant 1 front. par Casanova et 4 figures par Eisen, gravés par Longueil.

4097. Virgile. Œuvres traduites en français avcc des remarques par l'abbé Desfontaines. Paris, Guillau, 1754, 4 vol. in-12, veau écaille, dos orné, tr. dor. 8 fr.

Figures de Cochin.

4098. Virgilius. Bucolica Georgica Arencis cum servii commentariis Addunt que probi et Mancinelli in Bucolica et Georgica commentarii et Donati in Æneis fragmenta cum Jo Pierii Valeriani castigationibus. Parisiis, apud Petrum Gandoul (1529), in-fol., veau. (rel. fatiguée). 25 fr.

Titre encadrè de figures sur bois. Nombreuses vignettes sur bois. Raccommodage au bas titre. Très bien conseavé intérieurement.

4099. Visconti. Il Museo Pio-Clementino, descritto da Giambattista Visconsti prefetto delle antichita di Roma. In Roma, Lugd. Mirri, 1782, 6 vol. gr. in-fol., demi-rel. avec coins, n. rog. 75 fr.

290 planches.

4100. Visites (les) par Mlle D*** K*** (anonyme). Paris, Gattev, 1792, in-8 cartonné à la Bradel, n. rogné. 2 fr.

Recueil de lettres sentimentales.

Et de Livres anciens et modernes

4101. Vitruve. Architecture ou art de bien bastir de M. Vitruve, mis de latin en françois par Jean Martin. Paris, Jacques Gazeau, 1547, in-fol. veau. (Rel. fat.). **50 fr.**

Nombreuses fig. sur bois. Mouillures.

4102. Wace. Le roman de Brut, poète du xɪɪ° siècle, publié avec un commentaire et des notes par Le Roux de Lincy. Rouen, Ed. Frère, 1836, 2 vol. gr. in-8 brochés. **35 fr.**

Exemplaire en grand papier vélin avec planches en fac-similé.

4103. Warnet. Les soixante chapitres ou mémoires d'un fou. A Paris, chez Francart, an ɪx, 2 part. en 1 vol. in-12 cart. toile. **5 fr.**

2 figures.

4104. Weber. Mémoires concernant Marie-Antcinette, avec des notes et éclaircissements par MM. Berville et Barrière. Paris, Baudoin, 1822, 2 vol. in-8, cart. **7 fr.**

4105. Wey (Francis). La Haute-Savoie récits de voyage et d'histoire. Paris et Genève, 1866, in-fol. demi-chag. avec coins, plats toile, tr. jasp. **40 fr.**

50 lithographies dessinées par H. Terry.

4106. Wieland. Musarion, ou la philosophie des grâces, poème en 3 chants, traduit de l'Allemand par M. de Laveaux. Basle, 1780, in-8, veau, fil., tr. dor., dos à la grotesque. (Rel. anc.). **22 fr.**

1 frontispice, 3 figures et 3 culs-de-lampe par Saint-Quentin.

4107. Wismes (le Bᵒⁿ). Le Maine et l'Anjou, historiques, archéologiques et pittoresques. Recueil des sites et des monuments les plus remarquables de ces deux provinces, dessinés par le Baron de Wismes, lithographiés par les meilleurs artistes de Paris accompagnés·d'un texte historique, archéologique et descriptif. Nantes et Paris, s. d., 2 vol. in-fol., demi-rel. mar. rouge, tête dor., n. rog. **130 fr.**

Frontispices et 100 planches lithographiées montées sur onglets.

SUPPLÉMENT

4108. Damerval. Le Liure de la deablerie (par Eloy Damerval). — Icy finist la deablerie. S. l. n. d. (imprimé à Paris par Michel Le Noir, rue saint Jaques, à la rose blanche, l'an mil cinq cens et huyt), pet. in-fol. de 123 ff. à 2 col. et 1 f. blanc, caract. goth., fig. sur bois, mar. brun mosaïque de mar. noir, doublé de mar. rouge, fil., dos orné, tr. dor. (Hardy-Mennil. **650 fr.**

Ouvrage en vers écrit en forme de dialogue entre Lucifer et Satan. Satan passe en revue tous les états de la vie et expose à Lucifer tous les vices et abus qu'il a remarqués.

Plusieurs longs chapitres sont consacrés aux femmes; on y trouve des détails curieux sur les modes du temps.

Dans la dernière page il est dit que deux docteurs en théologie, Mᵉ Guillaume Du Chesne (de Quercu) et Mᵉ P. Charpentier ont approuvé l'ouvrage.

Bel exemplaire de ce livre rare, provenant de la bibliothèque du prince d'Essling, dont il porte les armes à l'intérieur.

4109. Flaubert (G.). Hérodias, compositions de G. Rochegrosse, gravées à l'eau-forte par Champollion, préface par A. France. Paris, A. Ferroud, 1892, gr. in-8, maroquin rouge janséniste doublé de mar. vert, dent. int. avec mosaïque de mar., rouge, tr. dorée. (Marius Michel). **400 fr.**

Exemplaire sur grand papier vélin d'Arches, avec les 3 états des eaux-fortes. (dont l'eau-forte pure avec remarques.)

4110. La Fontaine. Contes et nouvelles en vers. Amsterdam. (Paris), 1762, 2 vol. pet. in-8, port et fig. maroq. rouge, fil., tr. dorée. (Rel. ancienne.) **400 fr.**

Edition dite des Fermiers généraux.

4111. Le Fèvre. Le recueil des hystoires troyennes ou est contenu la genealogie de Saturne et de Iupiter son filz. Auec leurs gestes et beaulx faitz d'armes. Et aussi les haultes prouesses et vaillances de Hercules. Et la maniere comment il destruit Troye par deux fois. Et la reedification faicte par le roy Priam. Et finablement la totale destruction dicelle faicte par les Grecz (par Raoul Le Fèvre), reueu et corrige nouuellement a la Vraye Verite. On les vend a Paris par Denis Ianot, Demourät en la rue neufue nostre Dame a lenseigne de lescu de France, 1532, pet. in-fol. de 161 ff. à longues lignes, caract. goth., fig. sur bois, mar. rouge, fil., compart. arabesques et feuillages, dos orné, dent. intér., tr. dor. (Belz-Niedrée). **350 fr.**

Le Propriétaire-Gérant : **Th. BELIN**

Péronne. — Imp. Eug. CRÉTY, 24, Grande Place.

www.ingramcontent.com/pod-product-compliance
Lightning Source LLC
LaVergne TN
LVHW020624180726
843502LV00006B/1857